D0382409

LAS MALVADAS DE LA ESCUELA SECUNDARIA

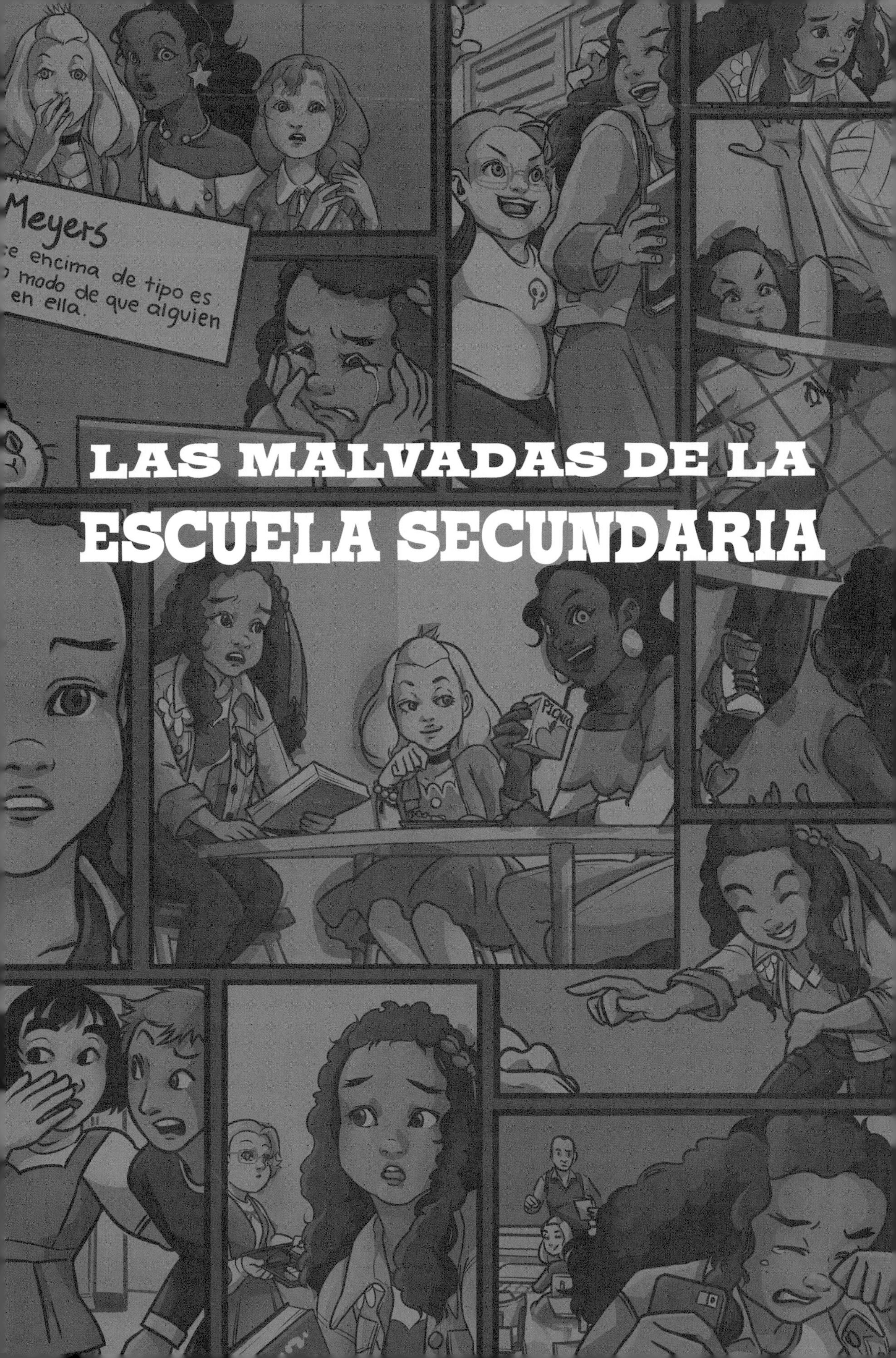
Meyers
encima de tipo es
modo de que alguien
en ella.

PUBLICA LA SERIE DRAMA EN LA SECUNDARIA
STONE ARCH BOOKS,
UNA IMPRENTA DE CAPSTONE
1710 ROE CREST DRIVE
NORTH MANKATO, MINNESOTA 56003
WWW.MYCAPSTONE.COM

Resumen: Lilly quiere salir con las chicas populares, así que se emociona cuando recibe una invitación a una fiesta de cumpleaños de la abeja reina, Tania. Lo que Lilly no sabe es que Tania planea usar a Lilly para llegar a su apuesto hermano mayor, Hank. Cuando el plan de Tania fracasa, culpa a Lilly y convierte su vida en una auténtica pesadilla. ¿Sobrevivirá Lilly a las reinas de la escuela secundaria?

DERECHOS DE AUTOR © 2020 STONE ARCH BOOKS

TODOS LOS DERECHOS RESERVADOS. ESTA PUBLICACIÓN NO PUEDE REPRODUCIRSE EN SU TOTALIDAD NI EN PARTE, NI ALMACENARSE EN UN SISTEMA DE RECUPERACIÓN, NI TRANSMITIRSE EN NINGUNA FORMA NI POR NINGÚN MEDIO, YA SEA ELECTRÓNICO, MECÁNICO, DE FOTOCOPIADO, GRABACIÓN U OTRO, SIN PERMISO ESCRITO DEL EDITOR.

LOS DATOS DE CIP (CATALOGACIÓN PREVIA A LA PUBLICACIÓN, CIP) DE LA BIBLIOTECA DEL CONGRESO SE ENCUENTRAN DISPONIBLES EN EL SITIO WEB DE LA BIBLIOTECA.
ISBN: 978-1-4965-9162-3 (LIBRARY BINDING)
ISBN: 978-1-4965-9317-7 (PAPERBACK)
ISBN: 978-1-4965-9166-1 (EBOOK PDF)

DISEÑADORA: ASHLEE SUKER
DIRECTOR CREATIVO: NATHAN GASSMAN
TRANSLATED INTO THE SPANISH LANGUAGE
BY APARICIO PUBLISHING
Printed and bound in China.
2489

DRAMA EN LA SECUNDARIA

LAS MALVADAS DE LA ESCUELA SECUNDARIA

por Louise Simonson   ilustrado por Sumin Cho

STONE ARCH BOOKS
a capstone imprint

NORTHERN PLAINS
PUBLIC LIBRARY
Ault, Colorado

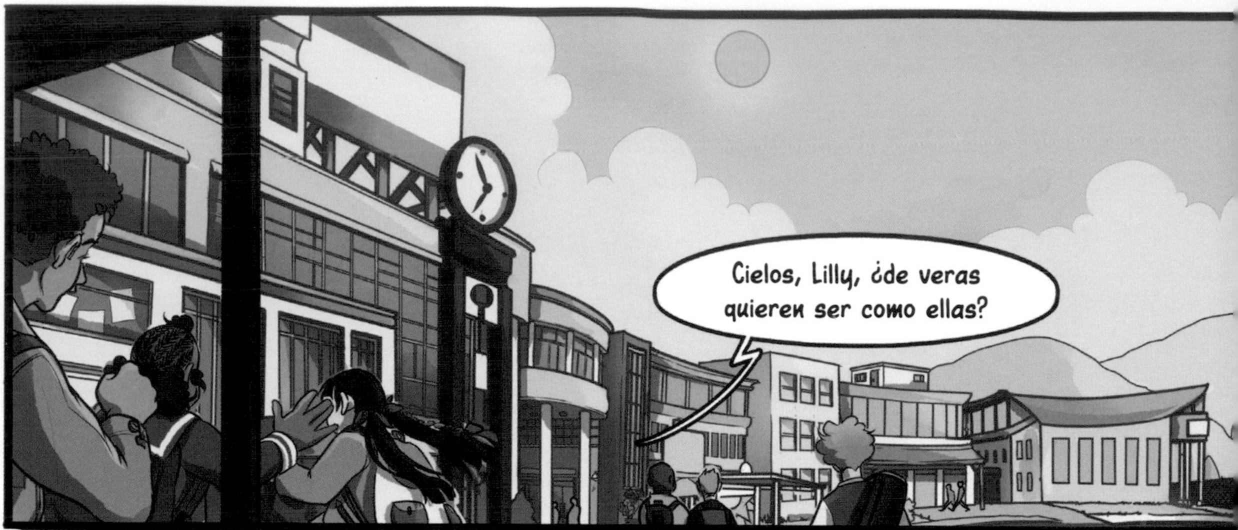
Cielos, Lilly, ¿de veras quieren ser como ellas?

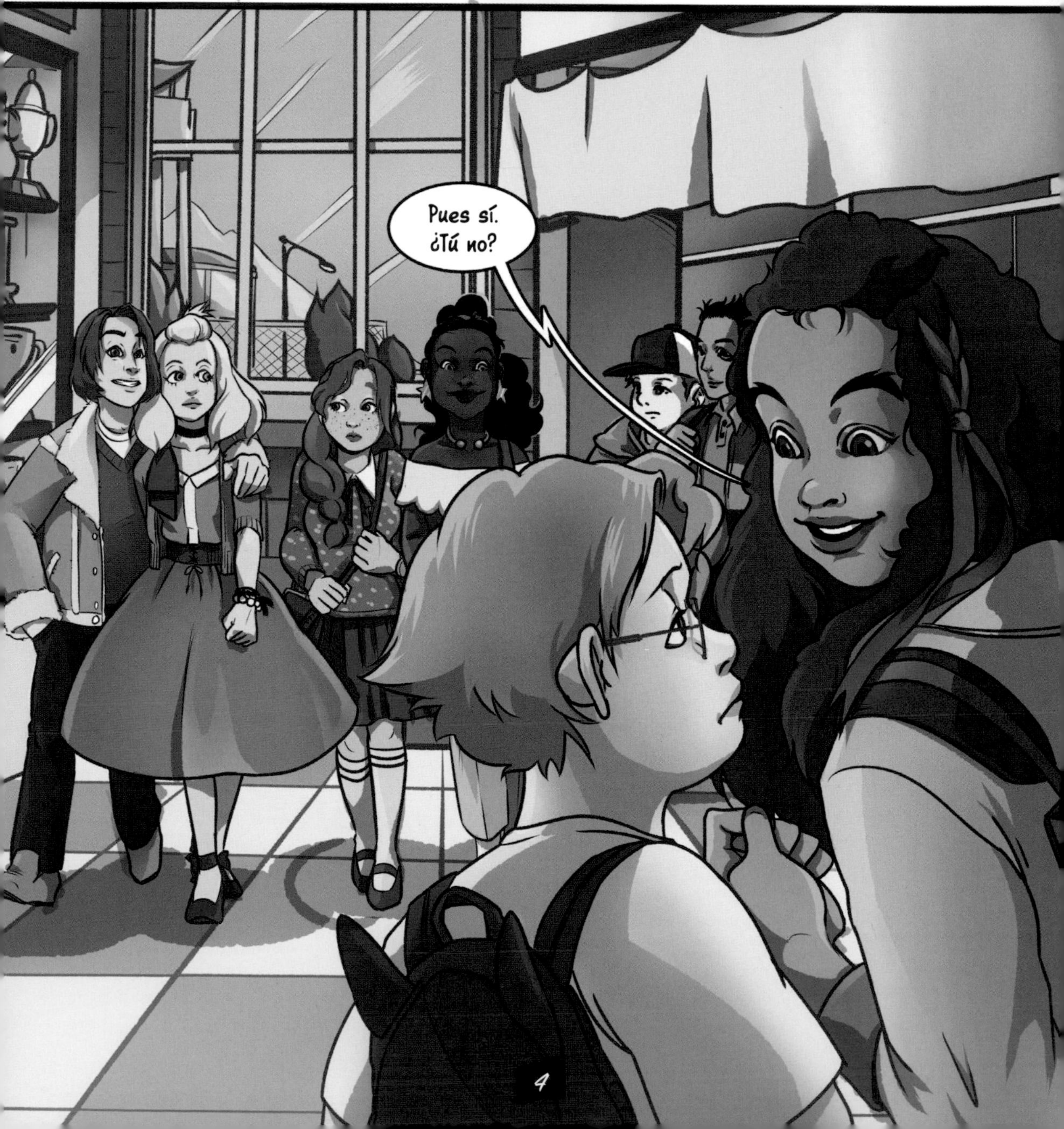
Pues sí. ¿Tú no?

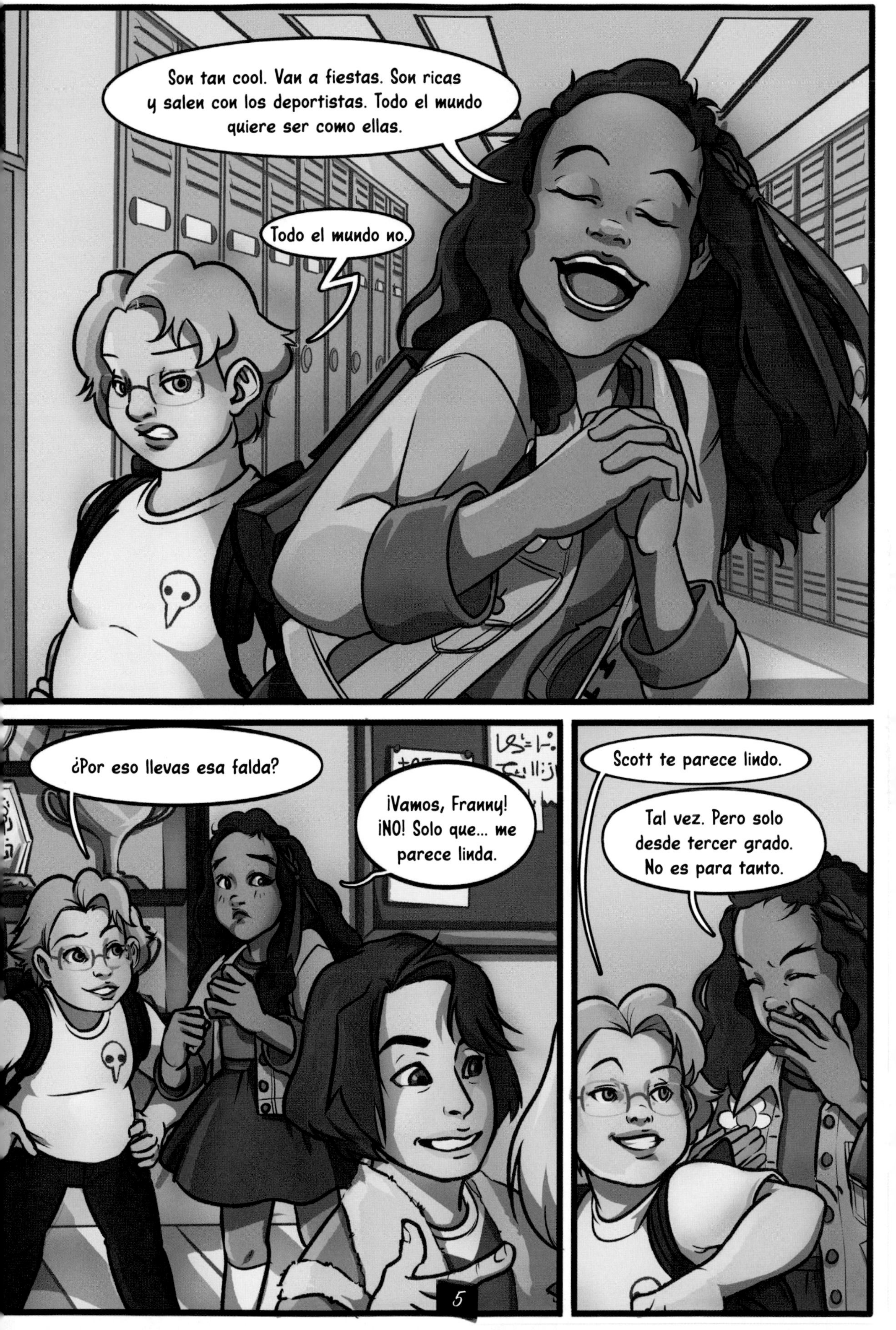
Son tan cool. Van a fiestas. Son ricas y salen con los deportistas. Todo el mundo quiere ser como ellas.
Todo el mundo no.
¿Por eso llevas esa falda?
¡Vamos, Franny! ¡NO! Solo que... me parece linda.
Scott te parece lindo.
Tal vez. Pero solo desde tercer grado. No es para tanto.

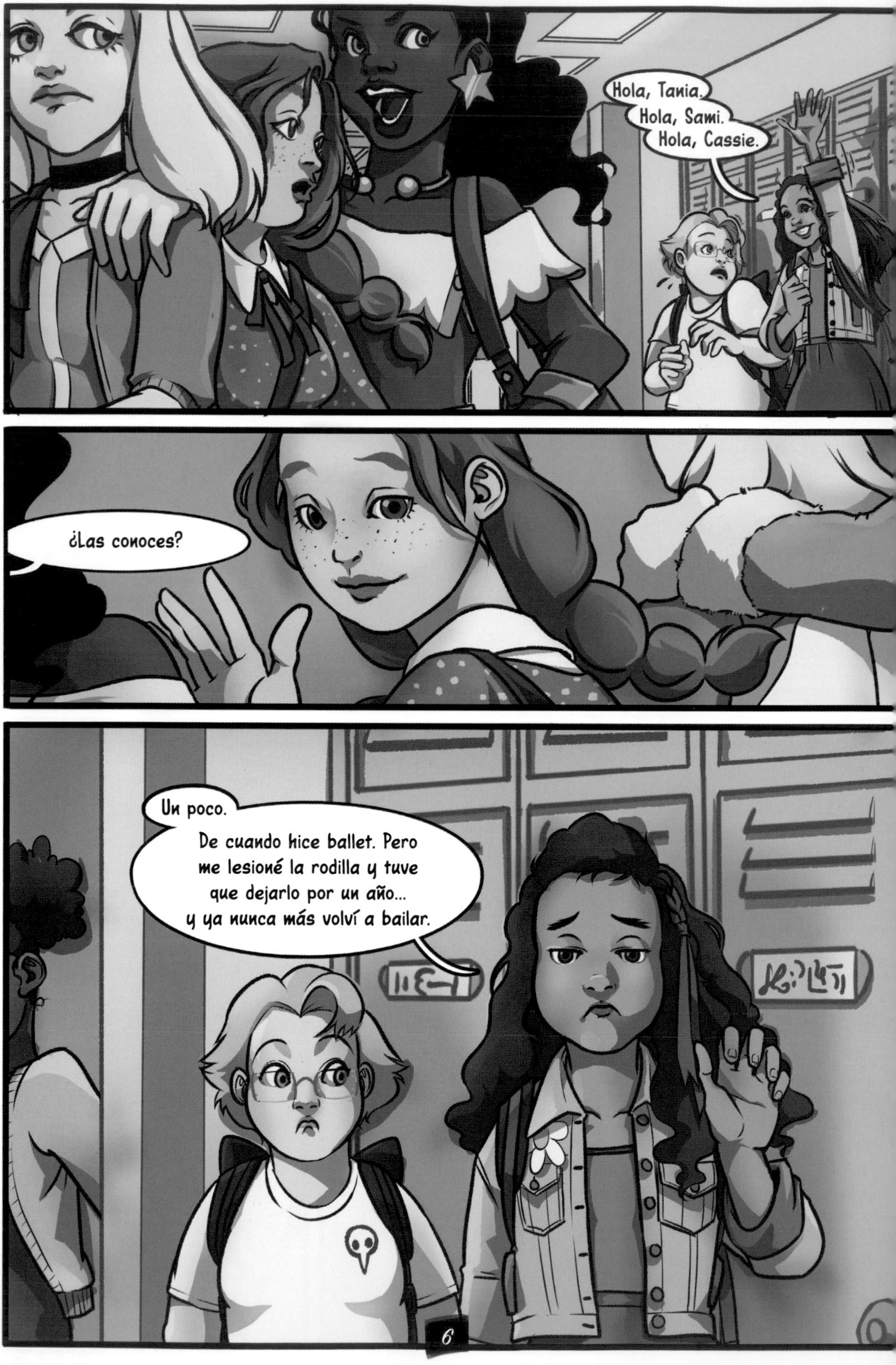
Hola, Tania.
Hola, Sami.
Hola, Cassie.
¿Las conoces?
Un poco.
De cuando hice ballet. Pero me lesioné la rodilla y tuve que dejarlo por un año... y ya nunca más volví a bailar.

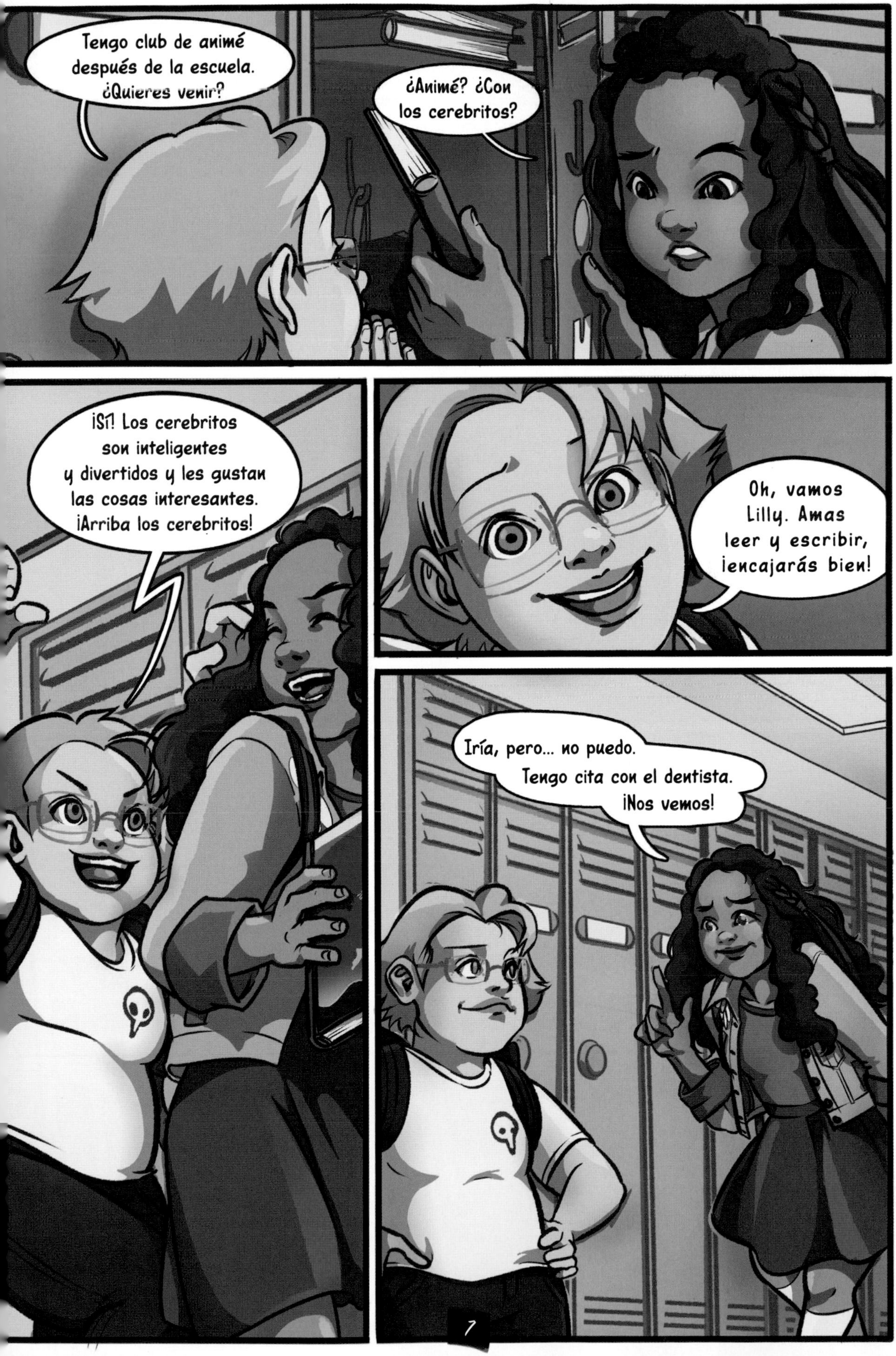
Tengo club de animé después de la escuela. ¿Quieres venir?
¿Animé? ¿Con los cerebritos?
¡Sí! Los cerebritos son inteligentes y divertidos y les gustan las cosas interesantes. ¡Arriba los cerebritos!
Oh, vamos Lilly. Amas leer y escribir, ¡encajarás bien!
Iría, pero... no puedo. Tengo cita con el dentista. ¡Nos vemos!

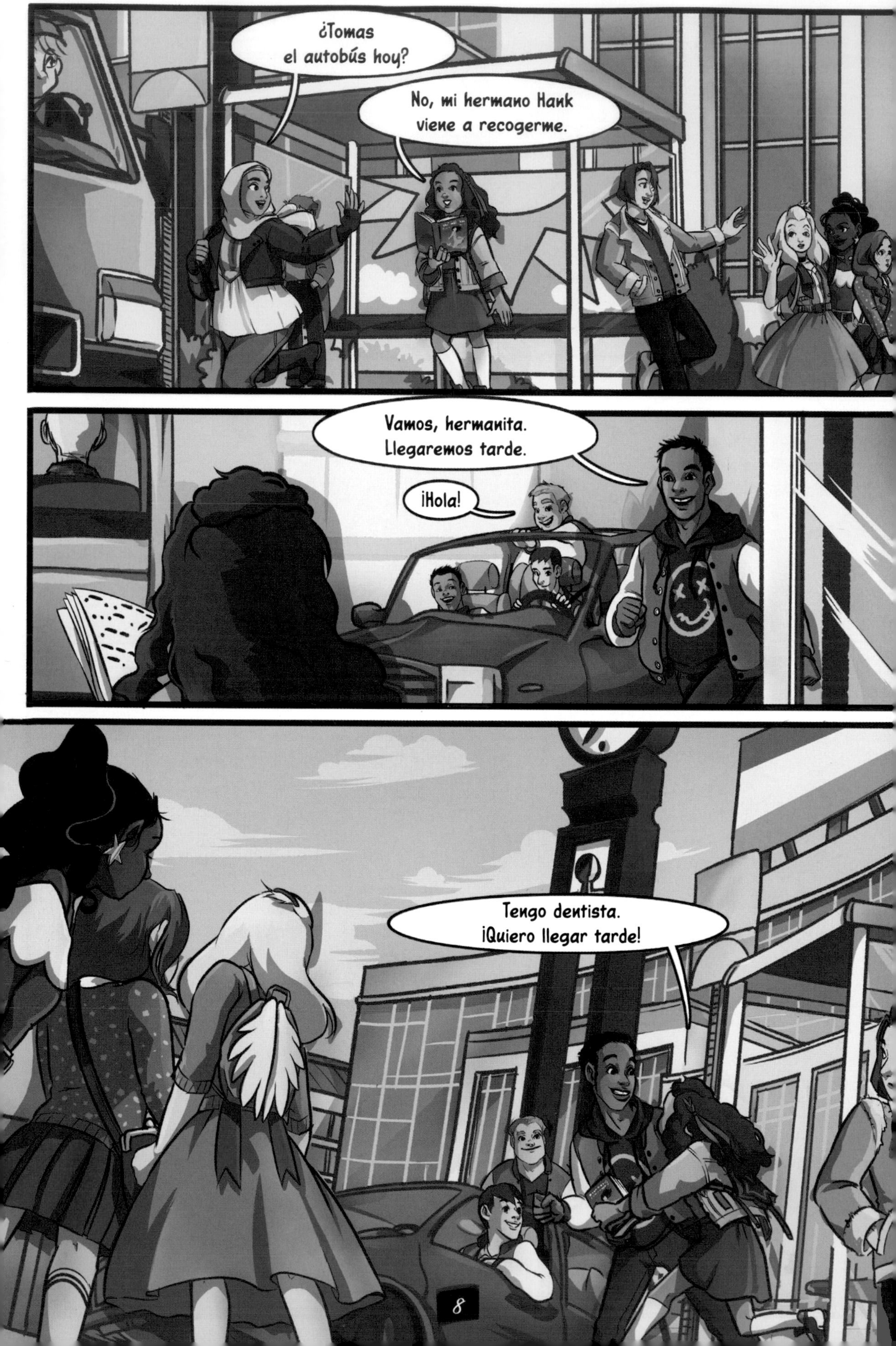
¿Tomas
el autobús hoy?
No, mi hermano Hank
viene a recogerme.
Vamos, hermanita.
Llegaremos tarde.
¡Hola!
Tengo dentista.
¡Quiero llegar tarde!

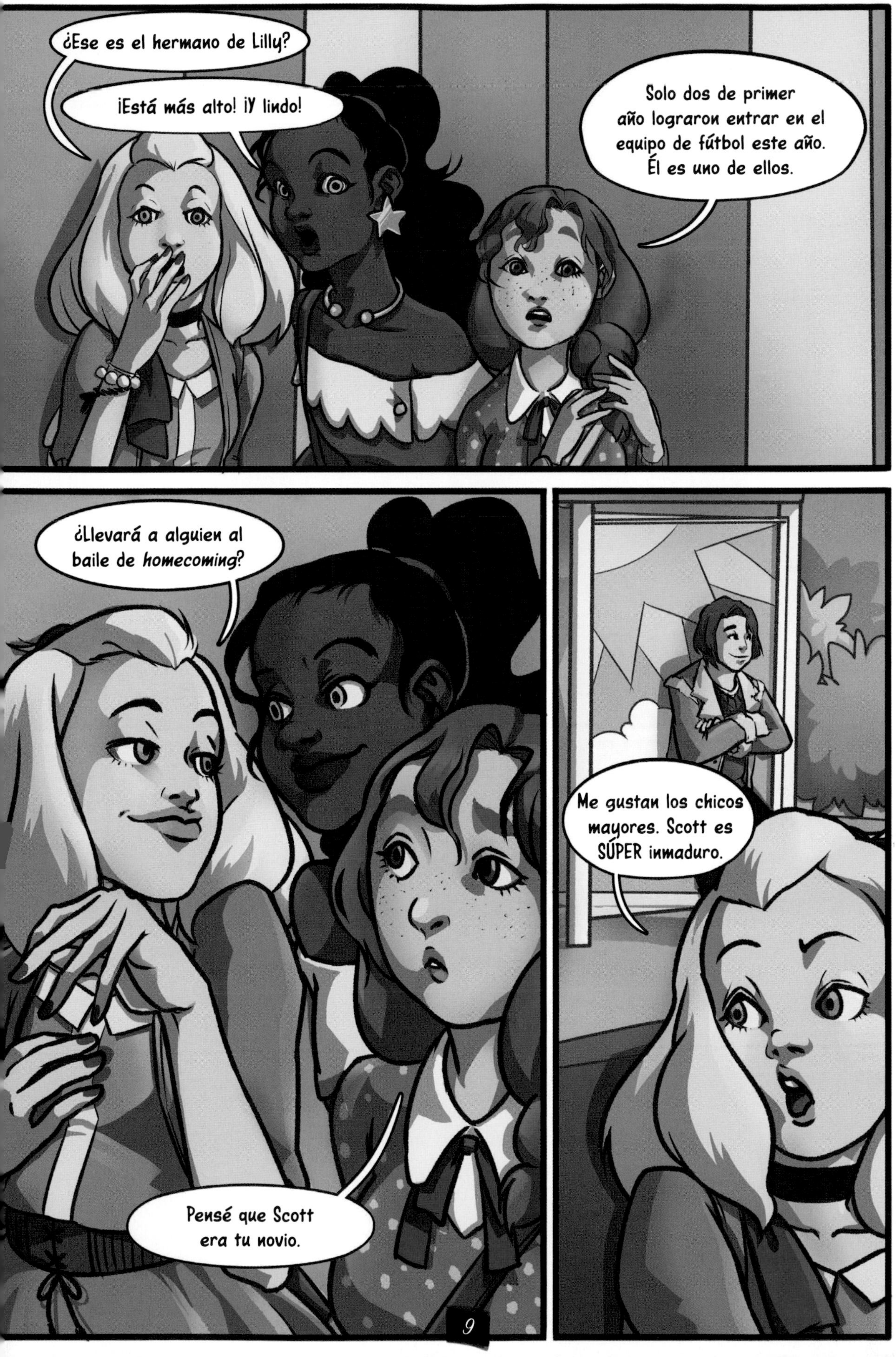
¿Ese es el hermano de Lilly?
¡Está más alto! ¡Y lindo!
Solo dos de primer año lograron entrar en el equipo de fútbol este año. Él es uno de ellos.
¿Llevará a alguien al baile de *homecoming*?
Pensé que Scott era tu novio.
Me gustan los chicos mayores. Scott es SÚPER inmaduro.

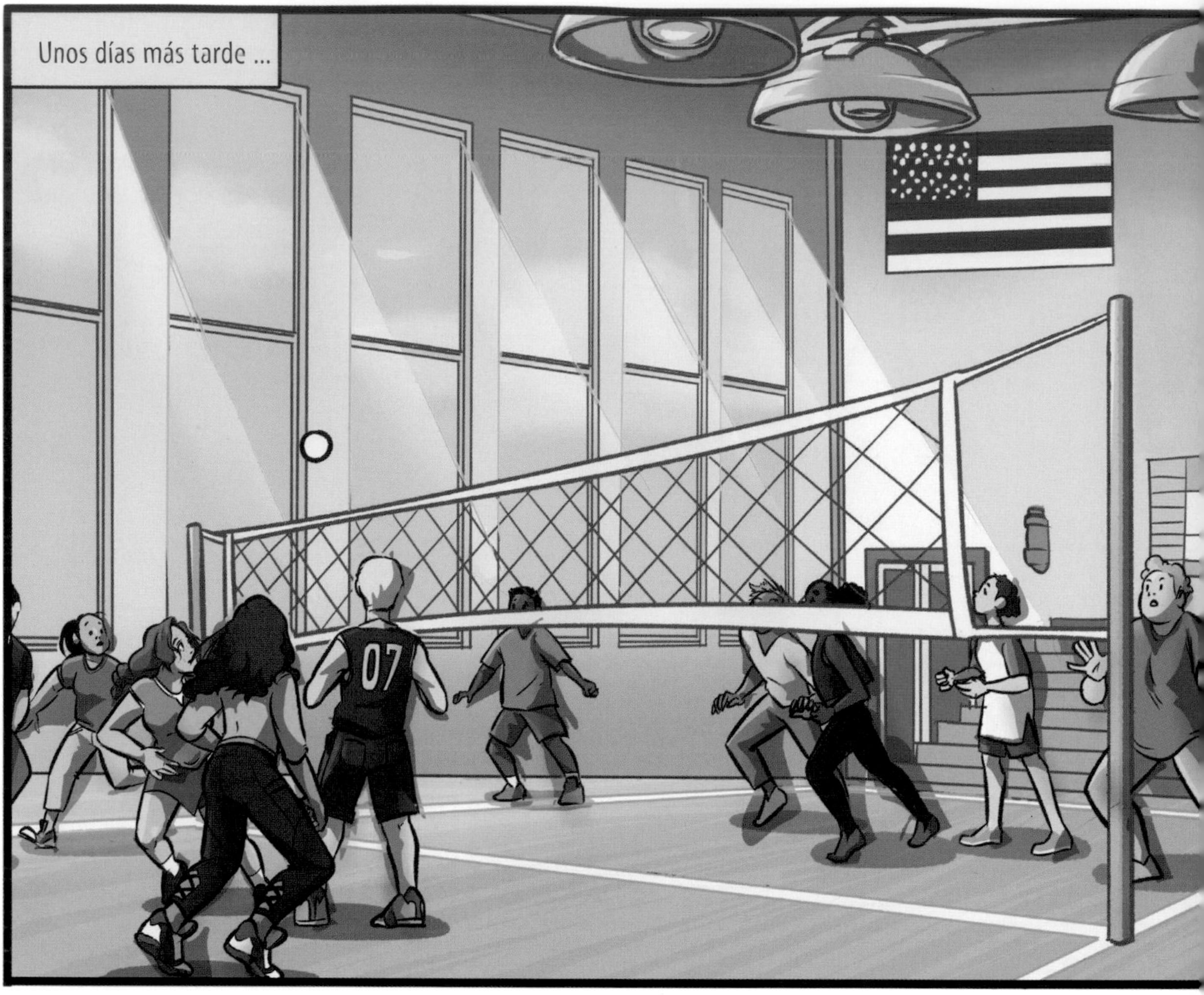
Unos días más tarde ...
07

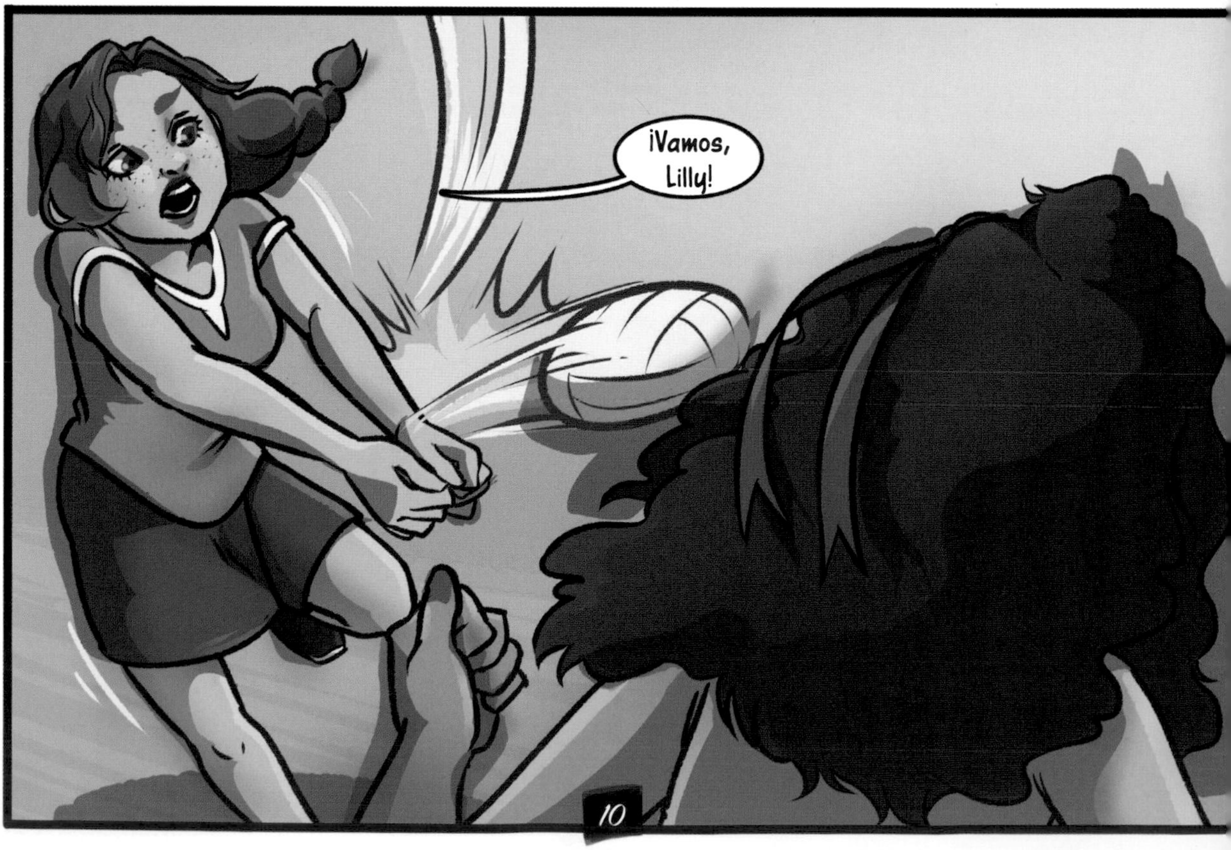
¡Vamos, Lilly!

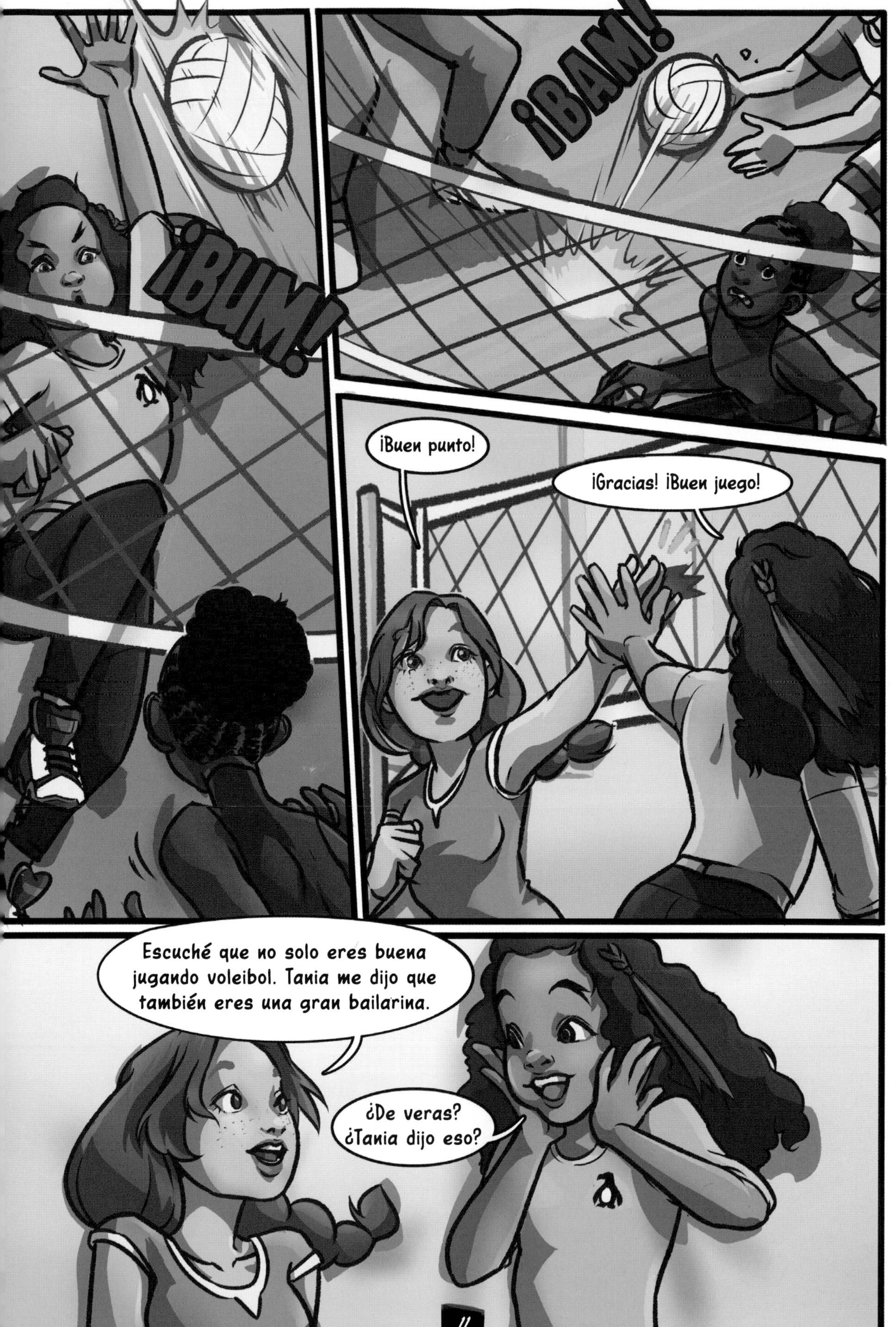
¡BUM!
¡BAM!
¡Buen punto!
¡Gracias! ¡Buen juego!
Escuché que no solo eres buena jugando voleibol. Tania me dijo que también eres una gran bailarina.
¿De veras? ¿Tania dijo eso?

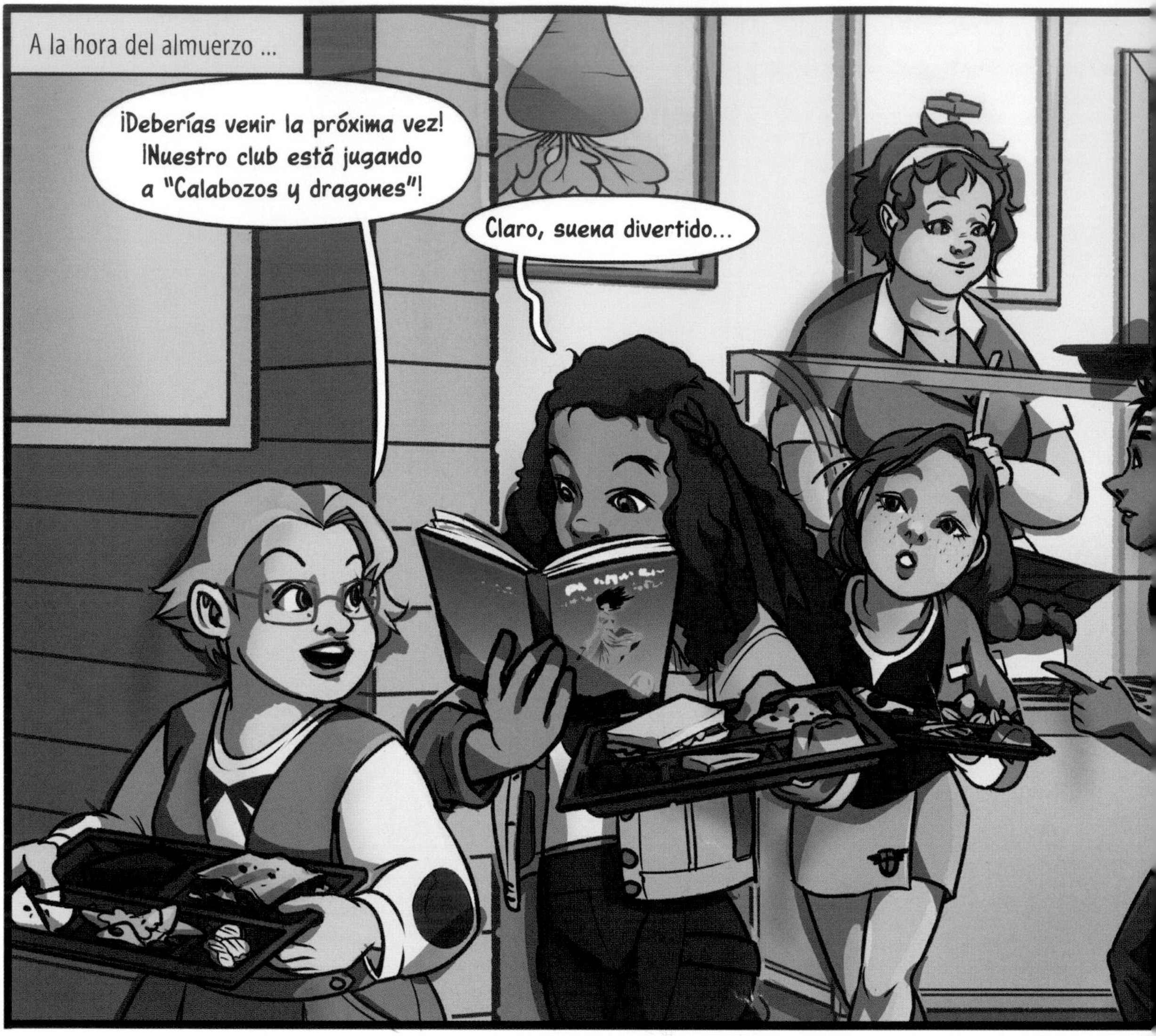
A la hora del almuerzo ...
¡Deberías venir la próxima vez! ¡Nuestro club está jugando a "Calabozos y dragones"!
Claro, suena divertido...

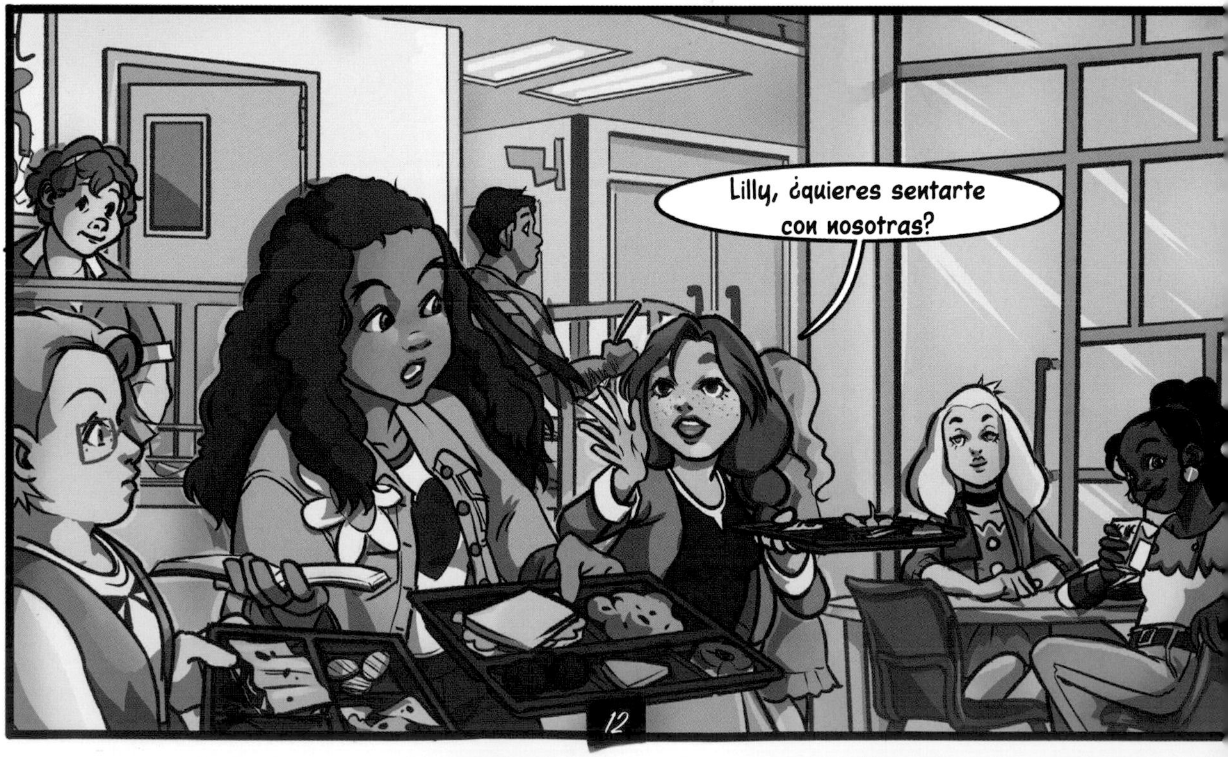
Lilly, ¿quieres sentarte con nosotras?

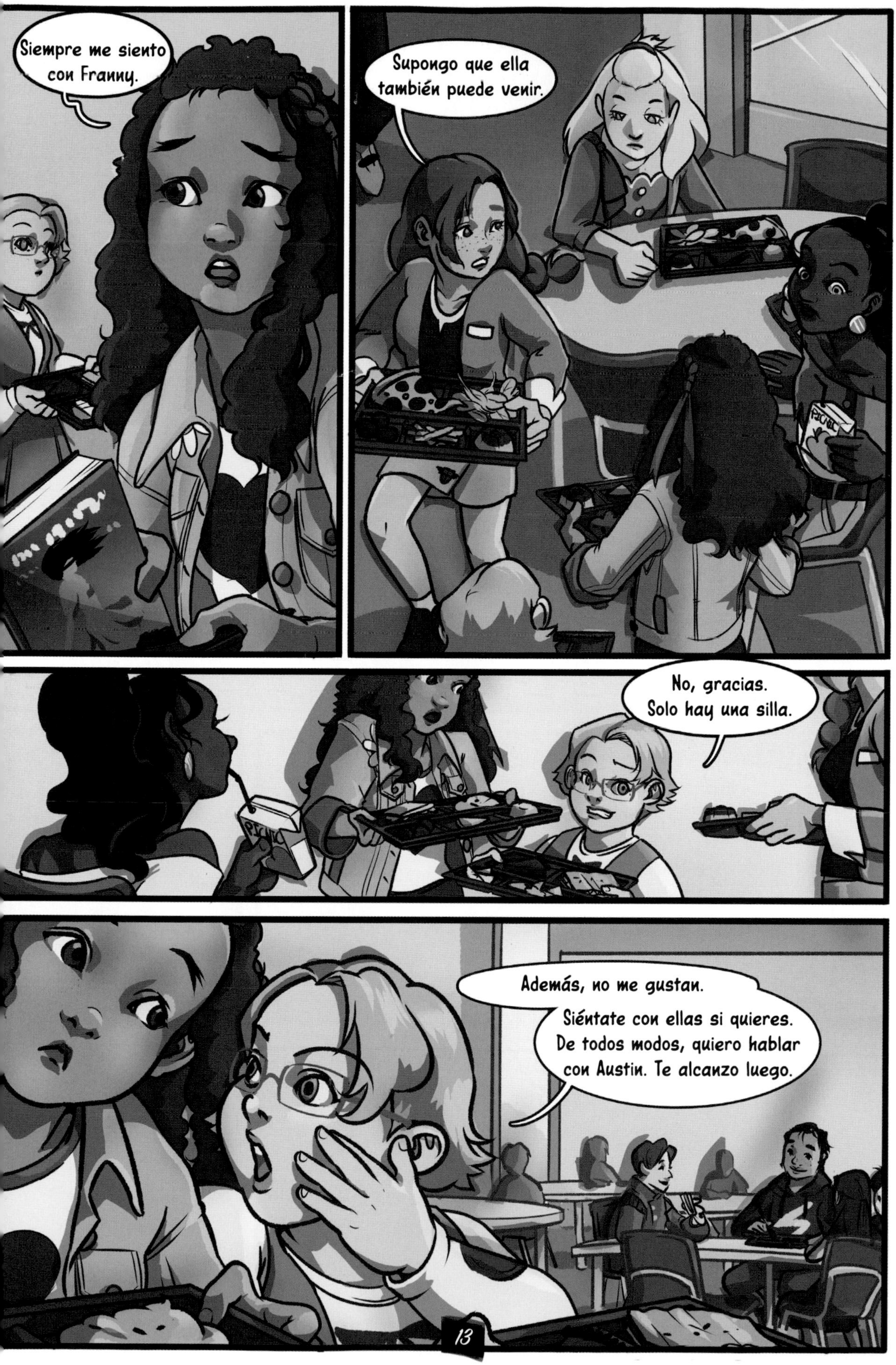
Siempre me siento con Franny.
Supongo que ella también puede venir.
No, gracias. Solo hay una silla.
Además, no me gustan.
Siéntate con ellas si quieres. De todos modos, quiero hablar con Austin. Te alcanzo luego.

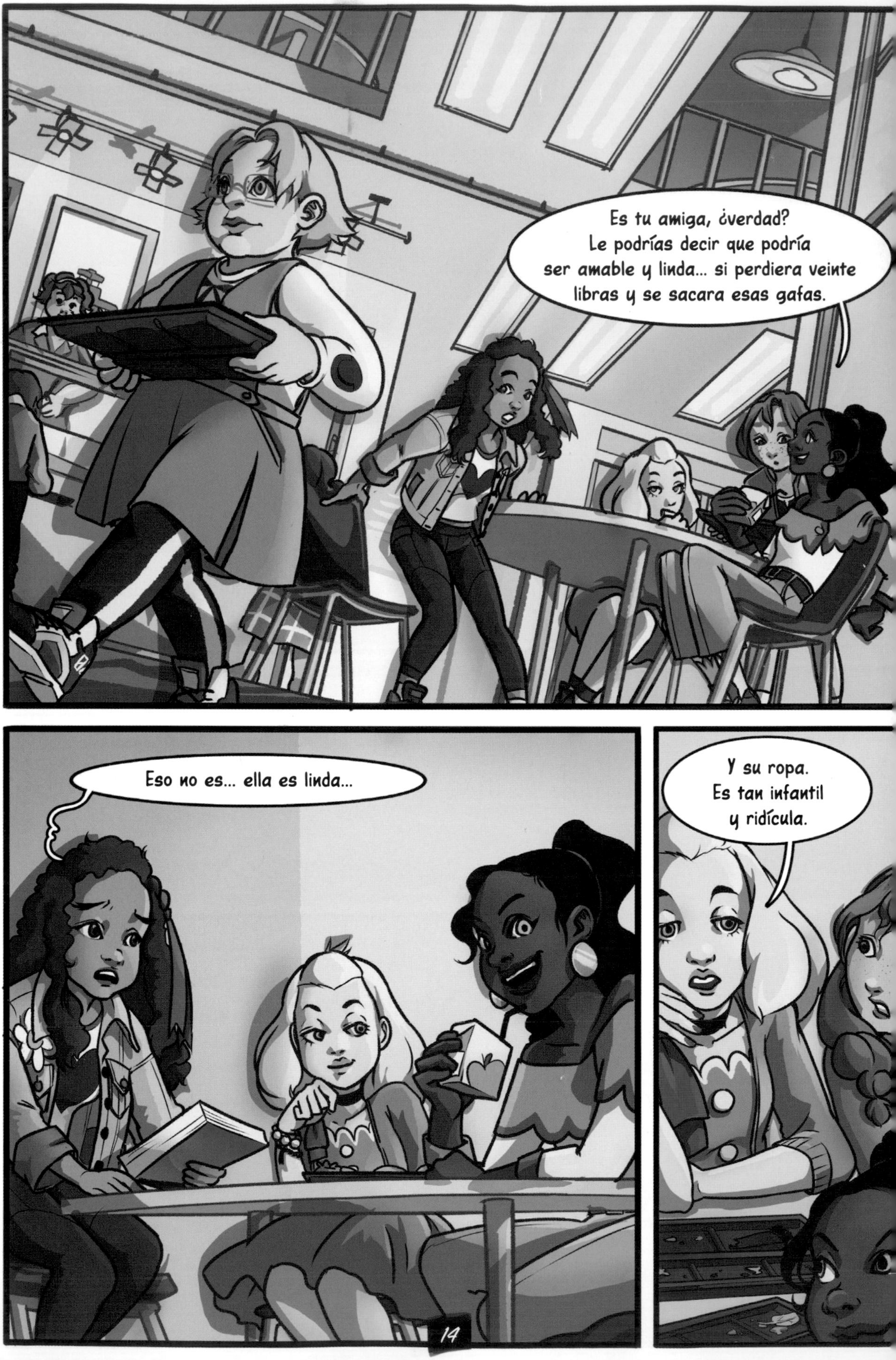
Es tu amiga, ¿verdad?
Le podrías decir que podría ser amable y linda... si perdiera veinte libras y se sacara esas gafas.
Eso no es... ella es linda...
Y su ropa. Es tan infantil y ridícula.

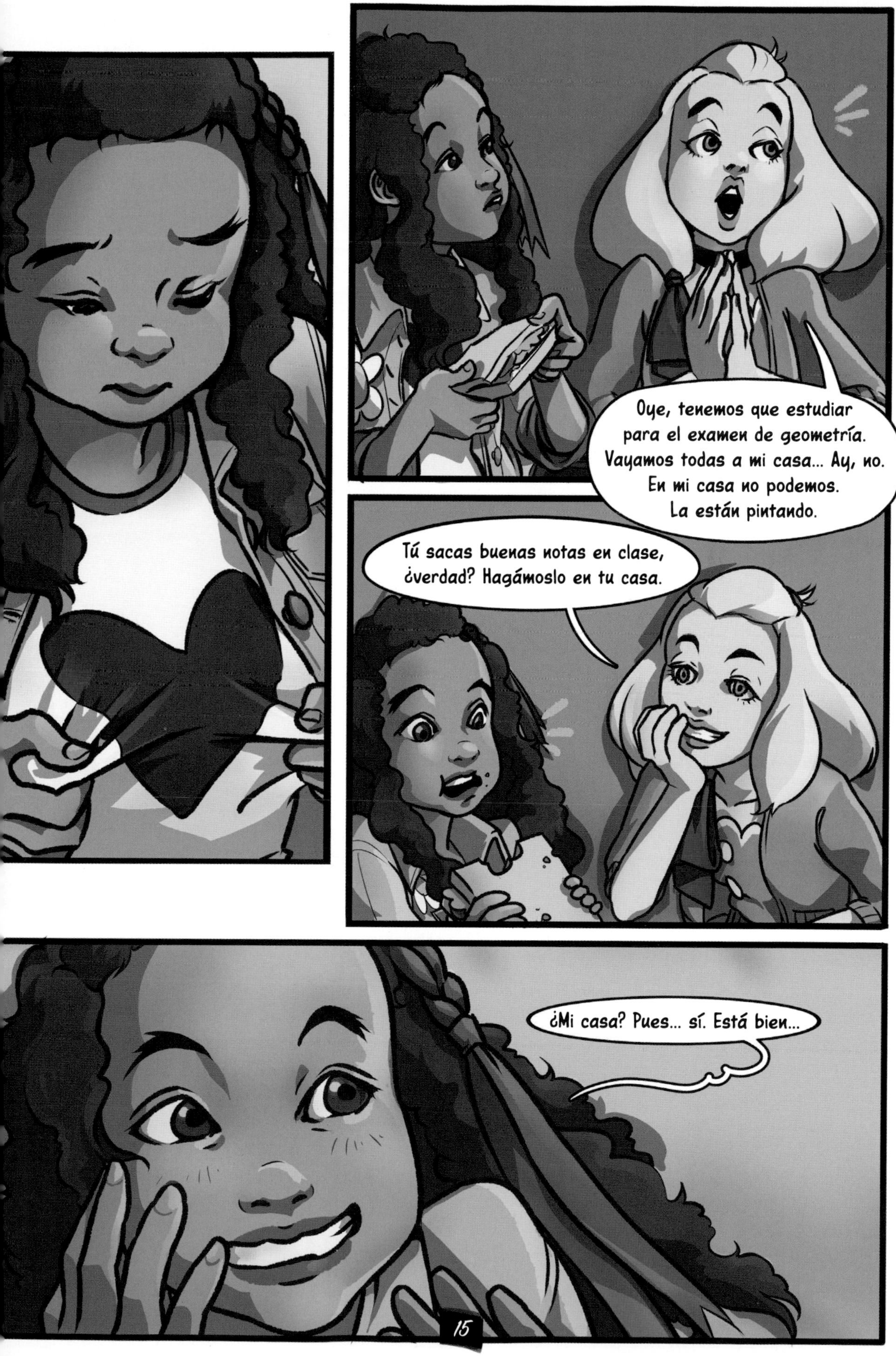
Oye, tenemos que estudiar para el examen de geometría. Vayamos todas a mi casa... Ay, no. En mi casa no podemos. La están pintando.
Tú sacas buenas notas en clase, ¿verdad? Hagámoslo en tu casa.
¿Mi casa? Pues... sí. Está bien...

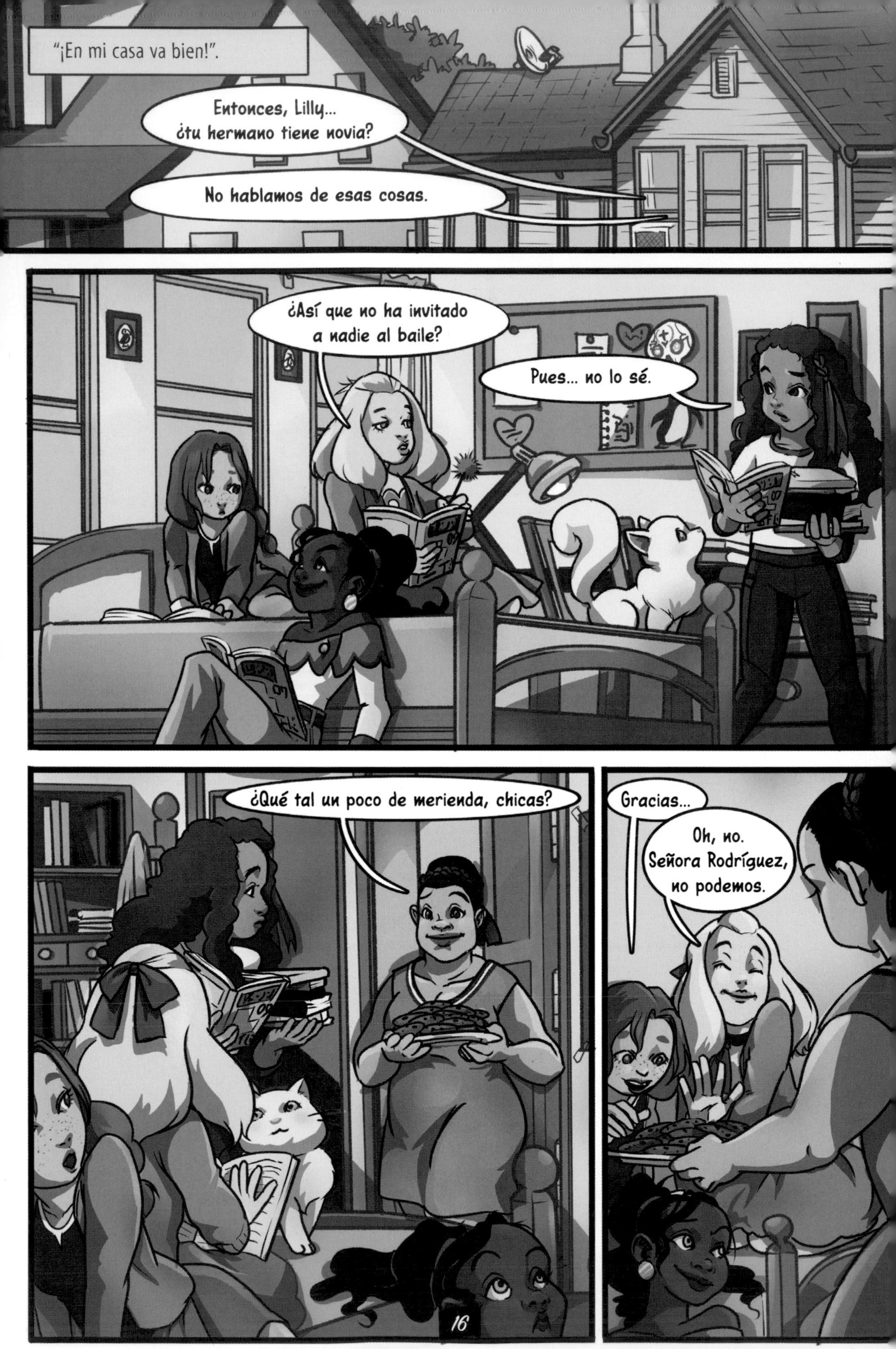
"¡En mi casa va bien!".
Entonces, Lilly... ¿tu hermano tiene novia?
No hablamos de esas cosas.
¿Así que no ha invitado a nadie al baile?
Pues... no lo sé.
¿Qué tal un poco de merienda, chicas?
Gracias...
Oh, no. Señora Rodríguez, no podemos.

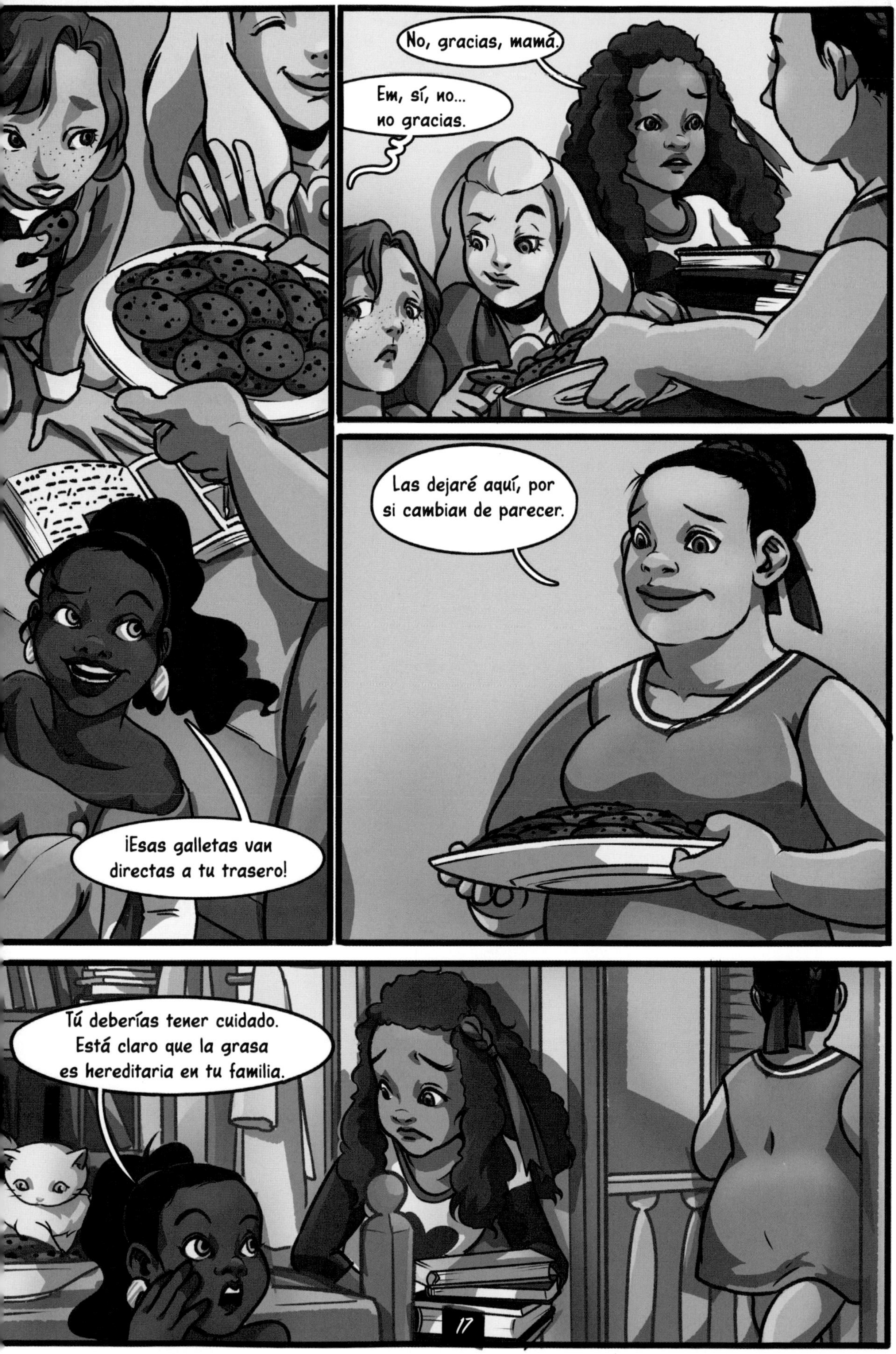
No, gracias, mamá.
Em, sí, no... no gracias.
¡Esas galletas van directas a tu trasero!
Las dejaré aquí, por si cambian de parecer.
Tú deberías tener cuidado. Está claro que la grasa es hereditaria en tu familia.

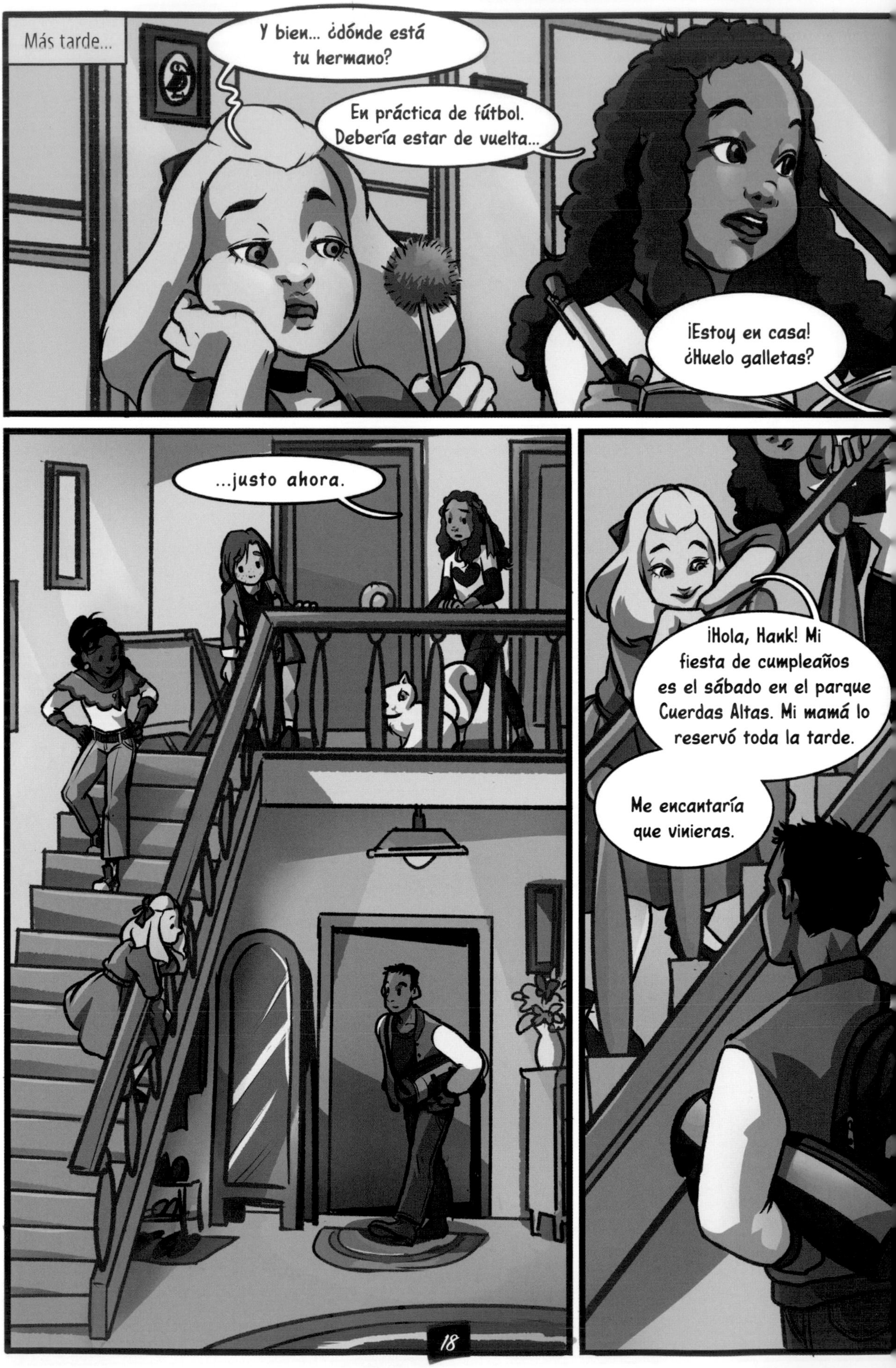
Más tarde...
Y bien... ¿dónde está tu hermano?
En práctica de fútbol. Debería estar de vuelta...
¡Estoy en casa! ¿Huelo galletas?
...justo ahora.
¡Hola, Hank! Mi fiesta de cumpleaños es el sábado en el parque Cuerdas Altas. Mi mamá lo reservó toda la tarde.
Me encantaría que vinieras.

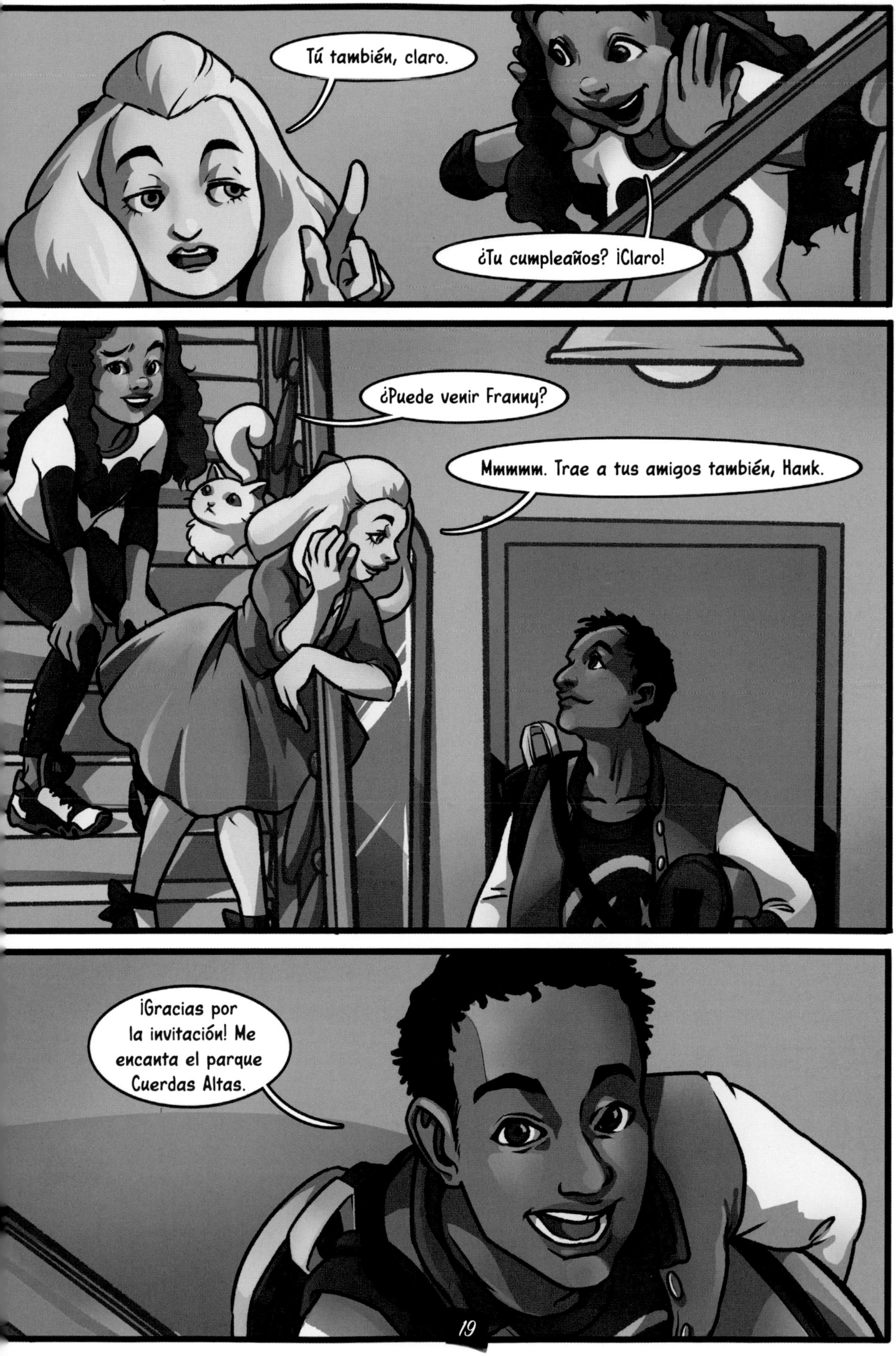
Tú también, claro.
¿Tu cumpleaños? ¡Claro!
¿Puede venir Franny?
Mmmmm. Trae a tus amigos también, Hank.
¡Gracias por la invitación! Me encanta el parque Cuerdas Altas.

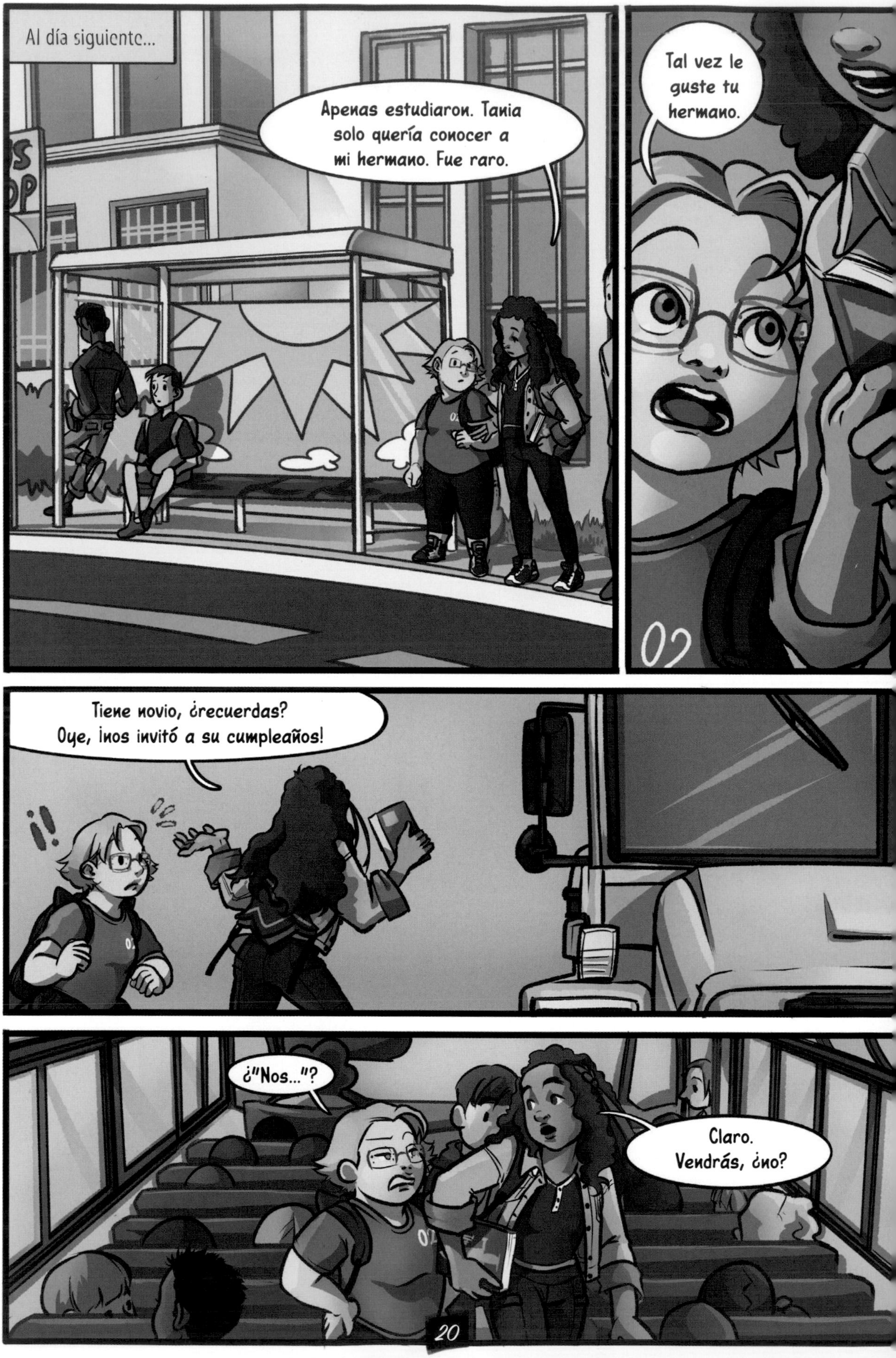

Al día siguiente...
Apenas estudiaron. Tania solo quería conocer a mi hermano. Fue raro.
Tal vez le guste tu hermano.
Tiene novio, ¿recuerdas? Oye, ¡nos invitó a su cumpleaños!
¡!
¿"Nos..."?
Claro. Vendrás, ¿no?

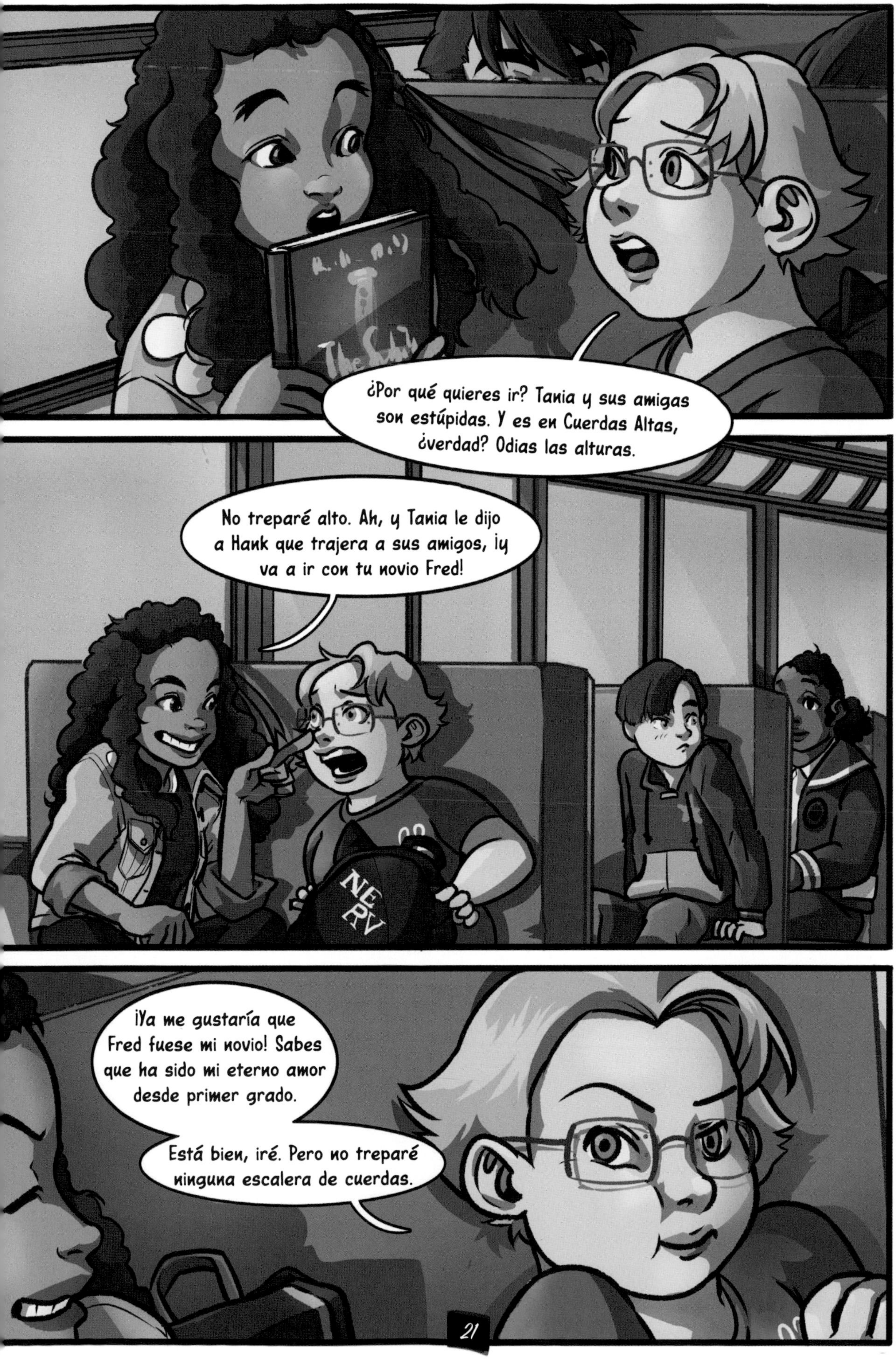

¿Por qué quieres ir? Tania y sus amigas son estúpidas. Y es en Cuerdas Altas, ¿verdad? Odias las alturas.
No treparé alto. Ah, y Tania le dijo a Hank que trajera a sus amigos, ¡y va a ir con tu novio Fred!
NERV
¡Ya me gustaría que Fred fuese mi novio! Sabes que ha sido mi eterno amor desde primer grado.
Está bien, iré. Pero no treparé ninguna escalera de cuerdas.

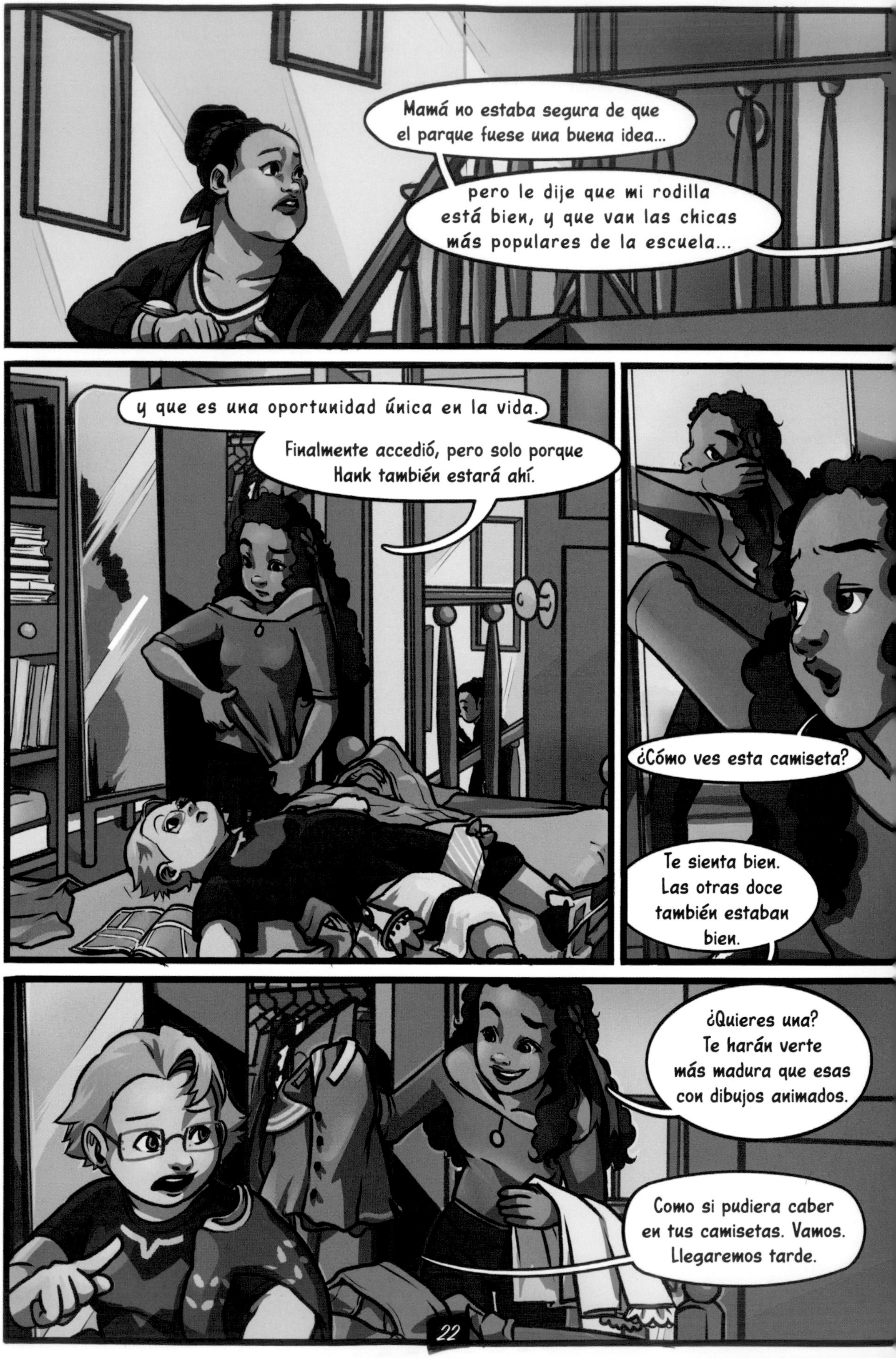
Mamá no estaba segura de que el parque fuese una buena idea...
pero le dije que mi rodilla está bien, y que van las chicas más populares de la escuela...
y que es una oportunidad única en la vida.
Finalmente accedió, pero solo porque Hank también estará ahí.
¿Cómo ves esta camiseta?
Te sienta bien. Las otras doce también estaban bien.
¿Quieres una? Te harán verte más madura que esas con dibujos animados.
Como si pudiera caber en tus camisetas. Vamos. Llegaremos tarde.

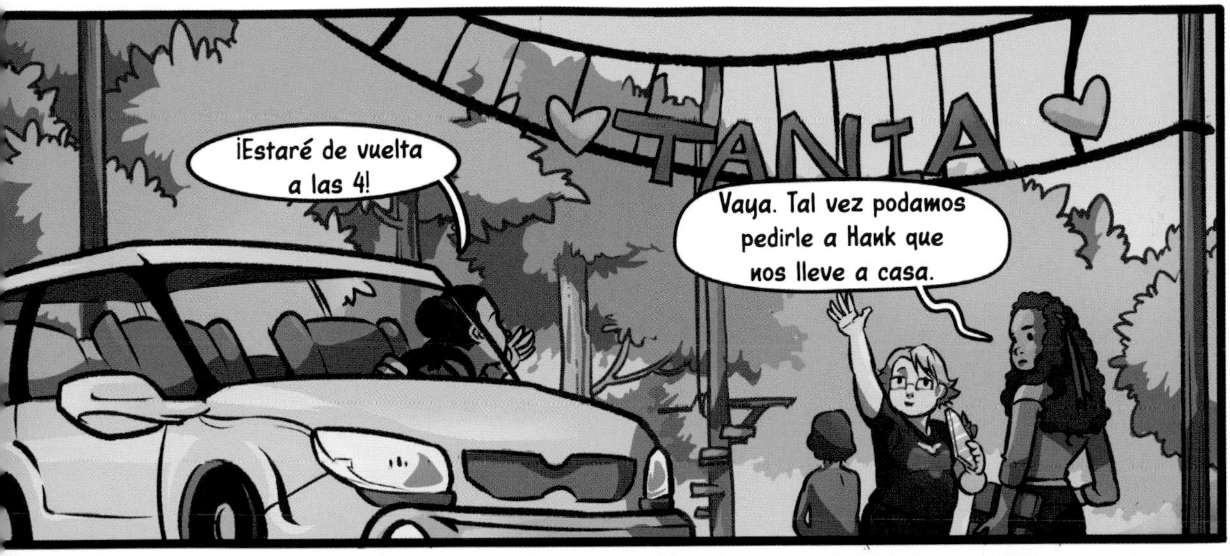

TANIA
¡Estaré de vuelta a las 4!
Vaya. Tal vez podamos pedirle a Hank que nos lleve a casa.

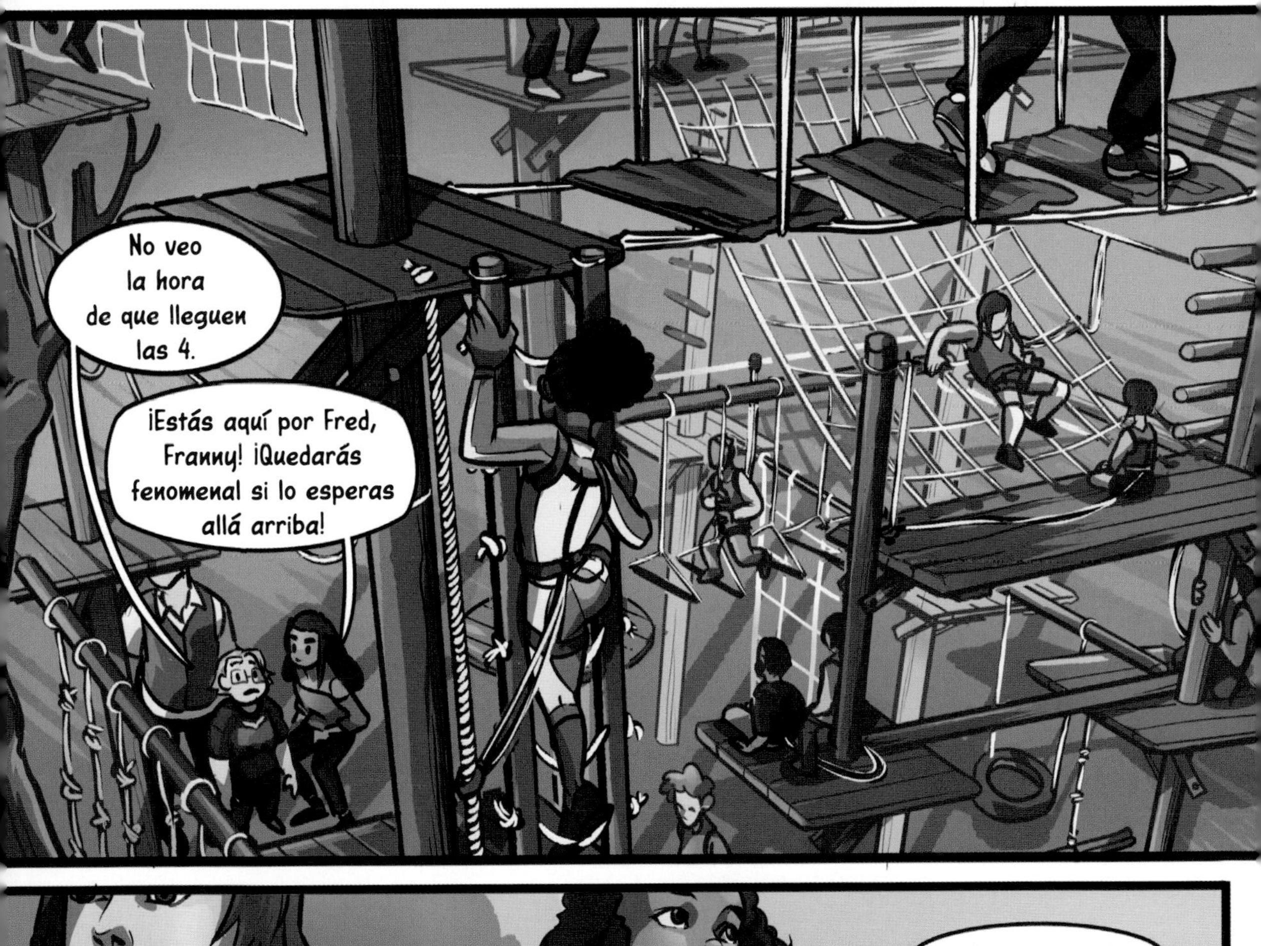

No veo la hora de que lleguen las 4.
¡Estás aquí por Fred, Franny! ¡Quedarás fenomenal si lo esperas allá arriba!

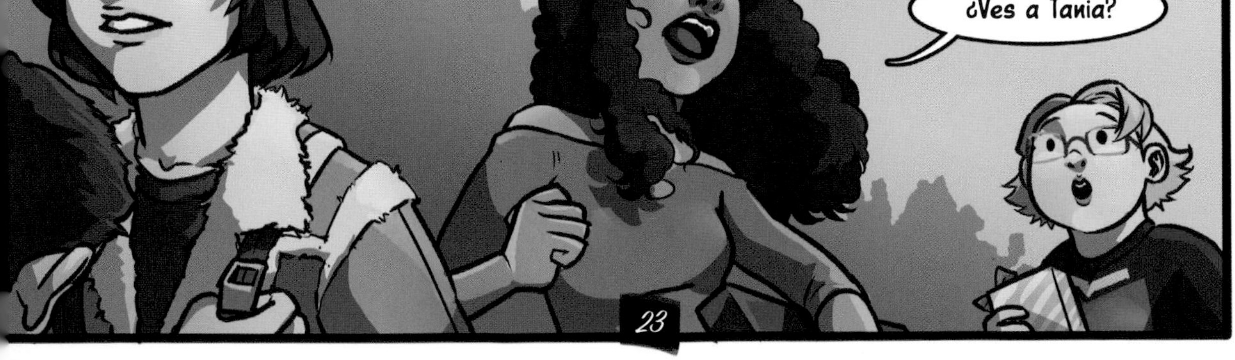

¿Ves a Tania?

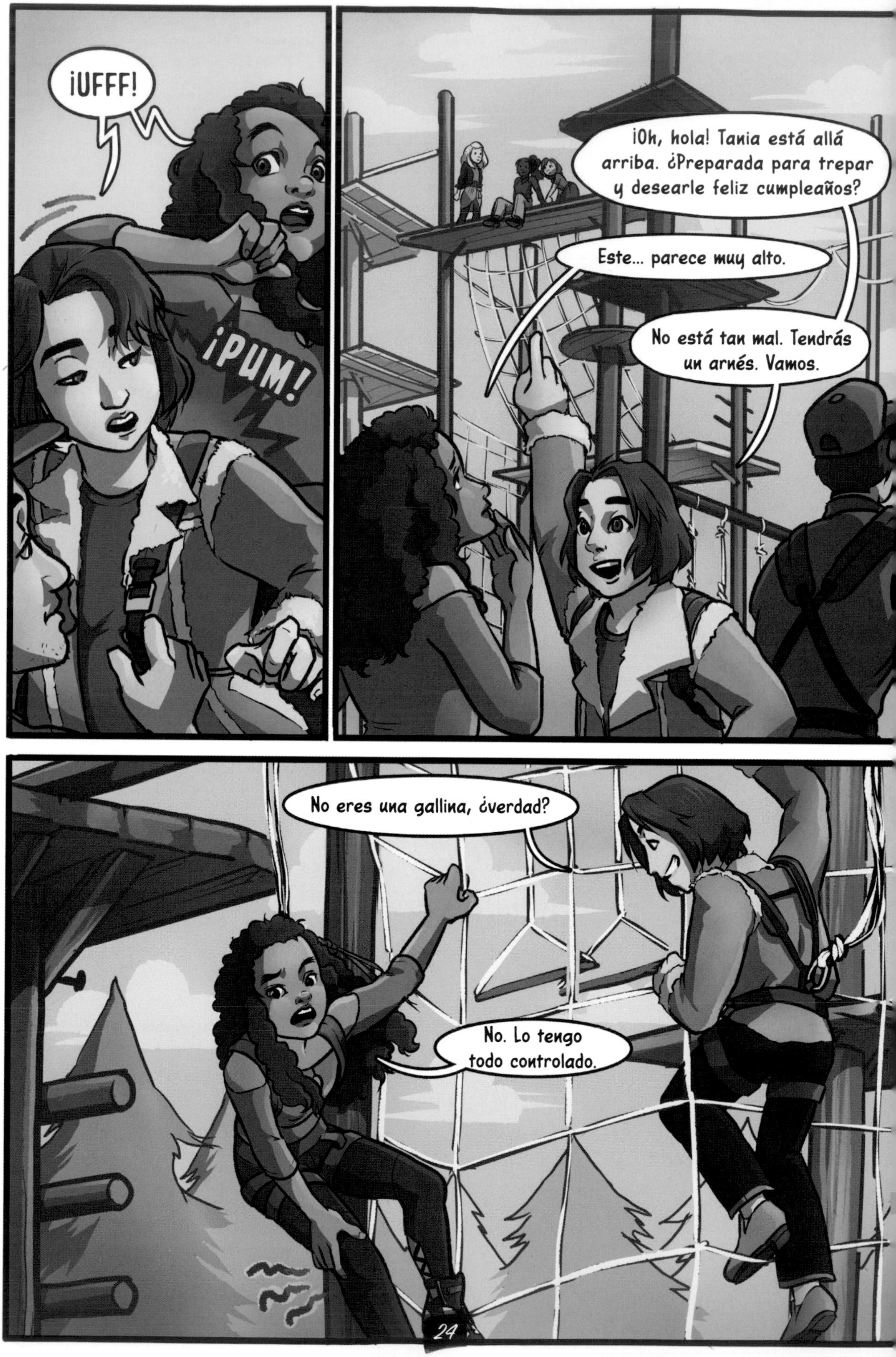
¡UFFF!
¡PUM!
¡Oh, hola! Tania está allá arriba. ¿Preparada para trepar y desearle feliz cumpleaños?
Este... parece muy alto.
No está tan mal. Tendrás un arnés. Vamos.
No eres una gallina, ¿verdad?
No. Lo tengo todo controlado.

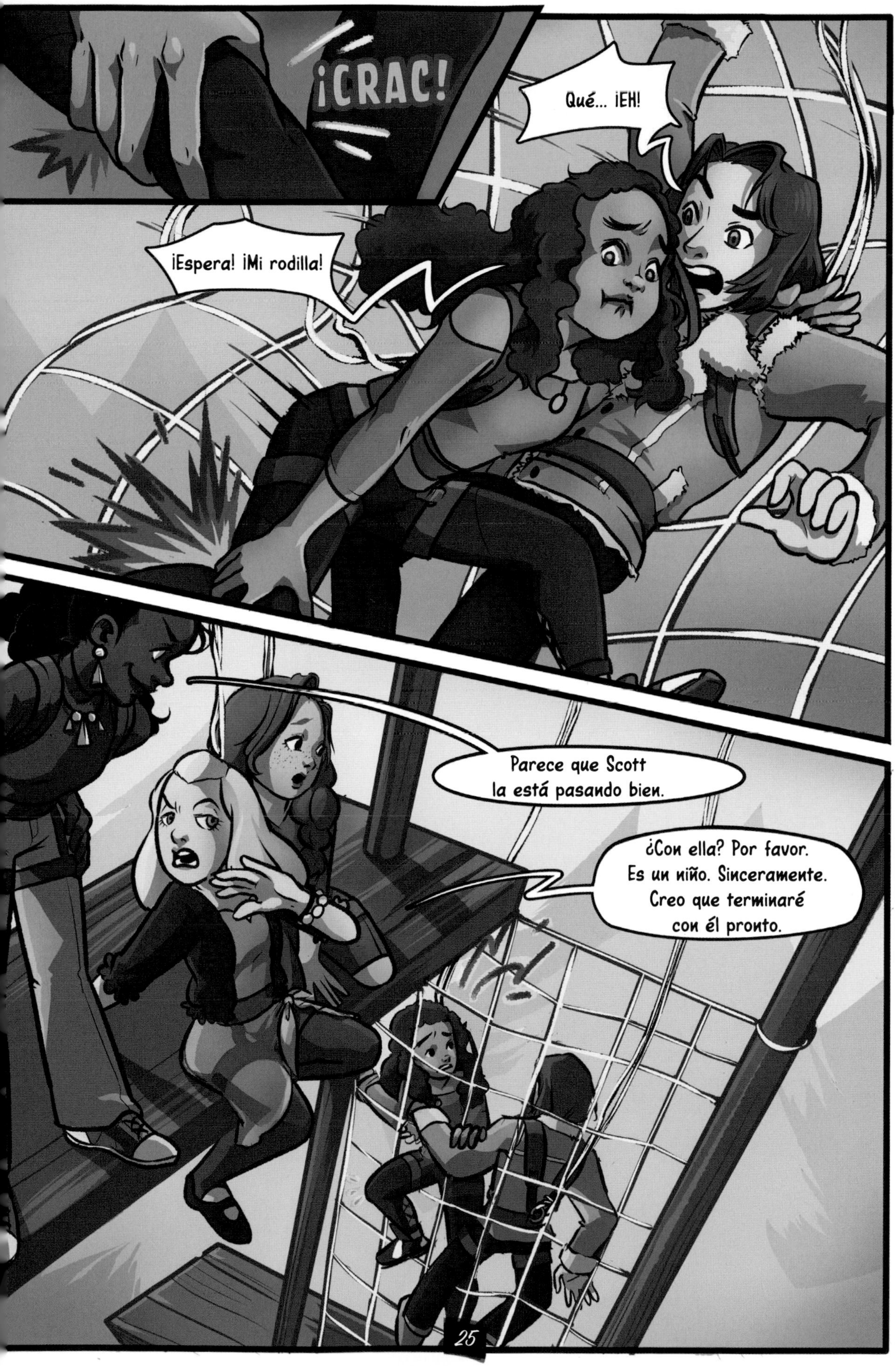
¡CRAC!
Qué... ¡EH!
¡Espera! ¡Mi rodilla!
Parece que Scott la está pasando bien.
¿Con ella? Por favor. Es un niño. Sinceramente. Creo que terminaré con él pronto.

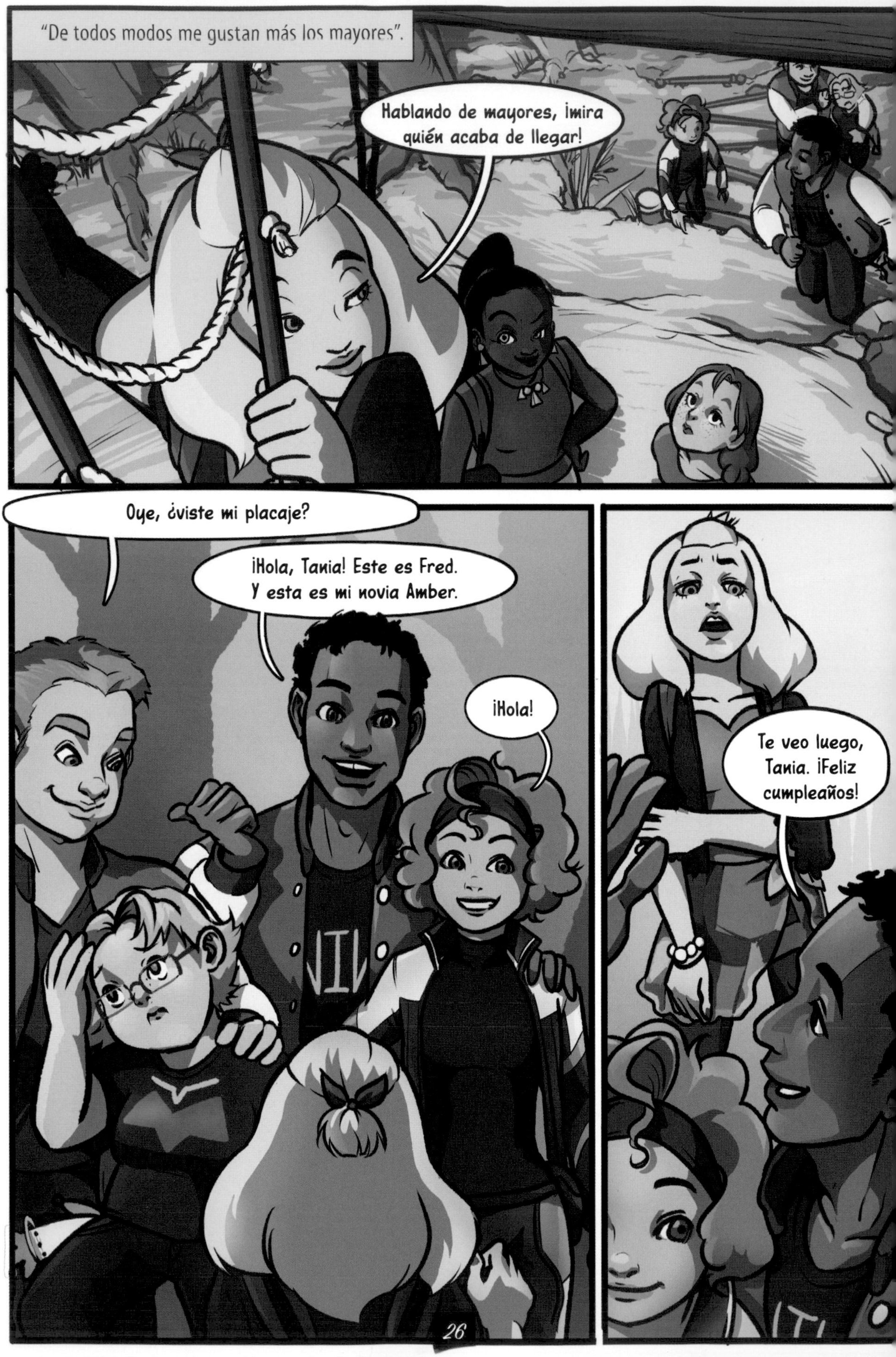
"De todos modos me gustan más los mayores".
Hablando de mayores, ¡mira quién acaba de llegar!
Oye, ¿viste mi placaje?
¡Hola, Tania! Este es Fred. Y esta es mi novia Amber.
¡Hola!
Te veo luego, Tania. ¡Feliz cumpleaños!

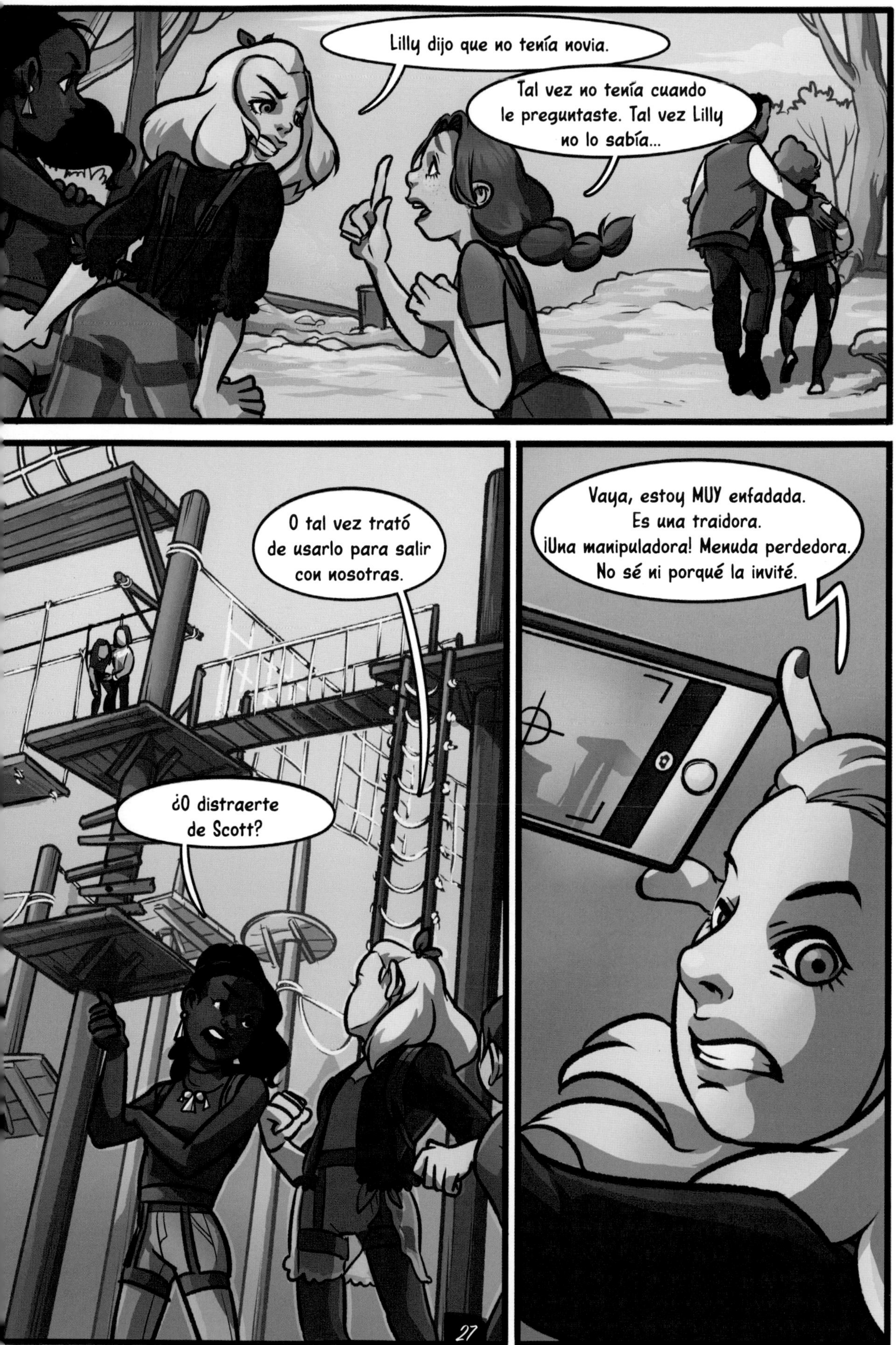
Lilly dijo que no tenía novia.
Tal vez no tenía cuando le preguntaste. Tal vez Lilly no lo sabía...
O tal vez trató de usarlo para salir con nosotras.
¿O distraerte de Scott?
Vaya, estoy MUY enfadada. Es una traidora. ¡Una manipuladora! Menuda perdedora. No sé ni porqué la invité.

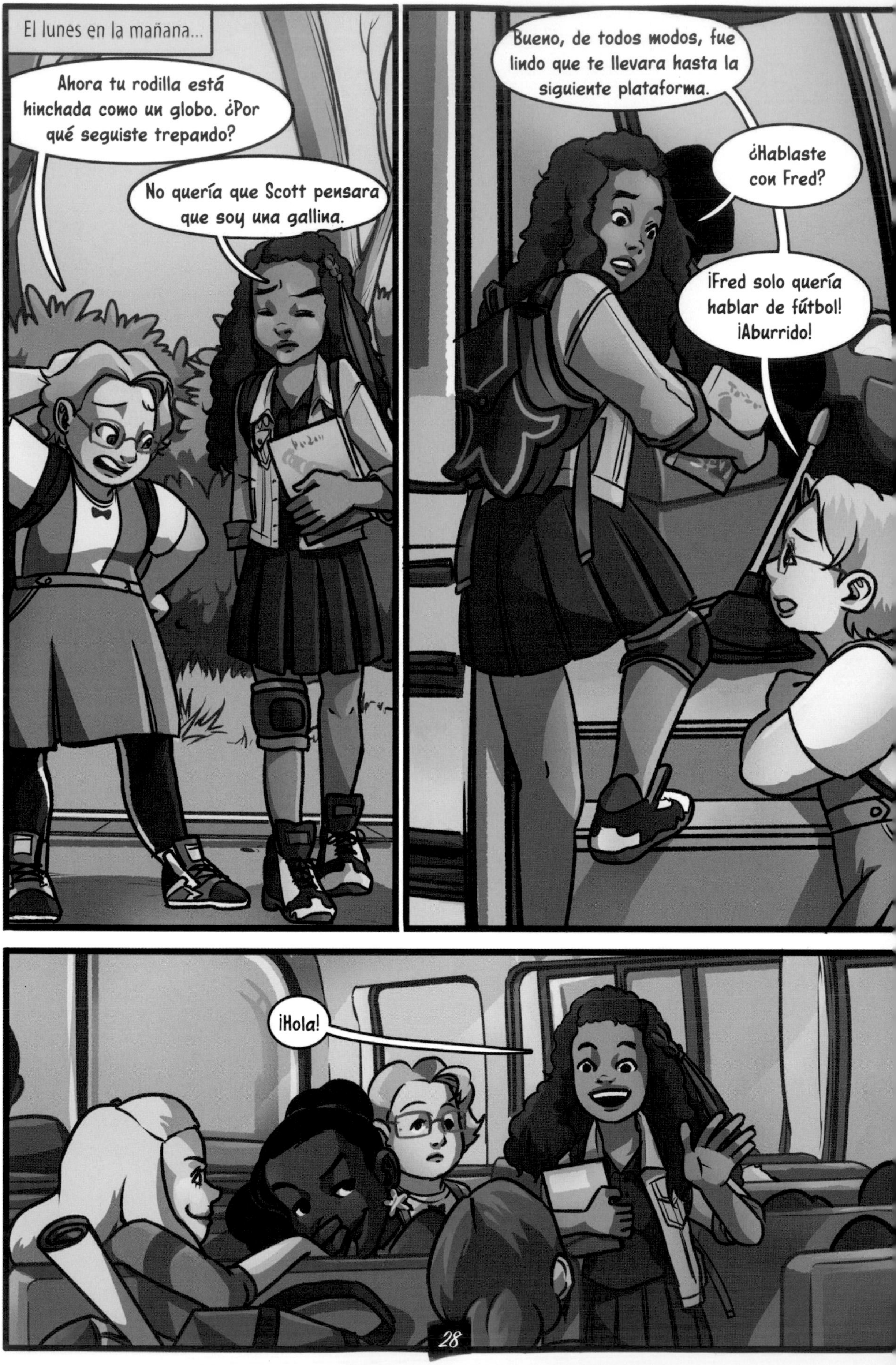
El lunes en la mañana...
Ahora tu rodilla está hinchada como un globo. ¿Por qué seguiste trepando?
No quería que Scott pensara que soy una gallina.
Bueno, de todos modos, fue lindo que te llevara hasta la siguiente plataforma.
¿Hablaste con Fred?
¡Fred solo quería hablar de fútbol! ¡Aburrido!
¡Hola!

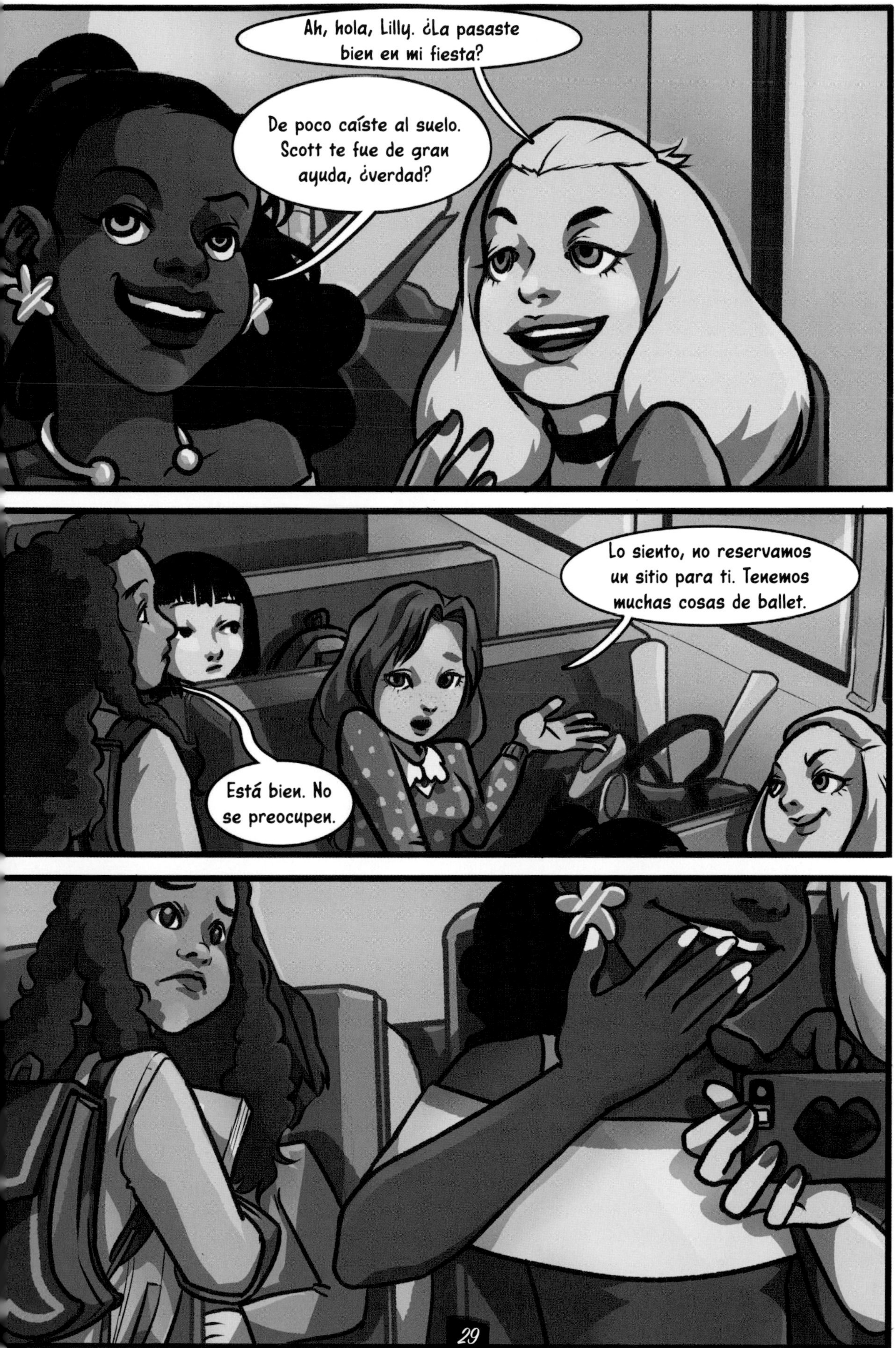
Ah, hola, Lilly. ¿La pasaste bien en mi fiesta?
De poco caíste al suelo. Scott te fue de gran ayuda, ¿verdad?
Lo siento, no reservamos un sitio para ti. Tenemos muchas cosas de ballet.
Está bien. No se preocupen.

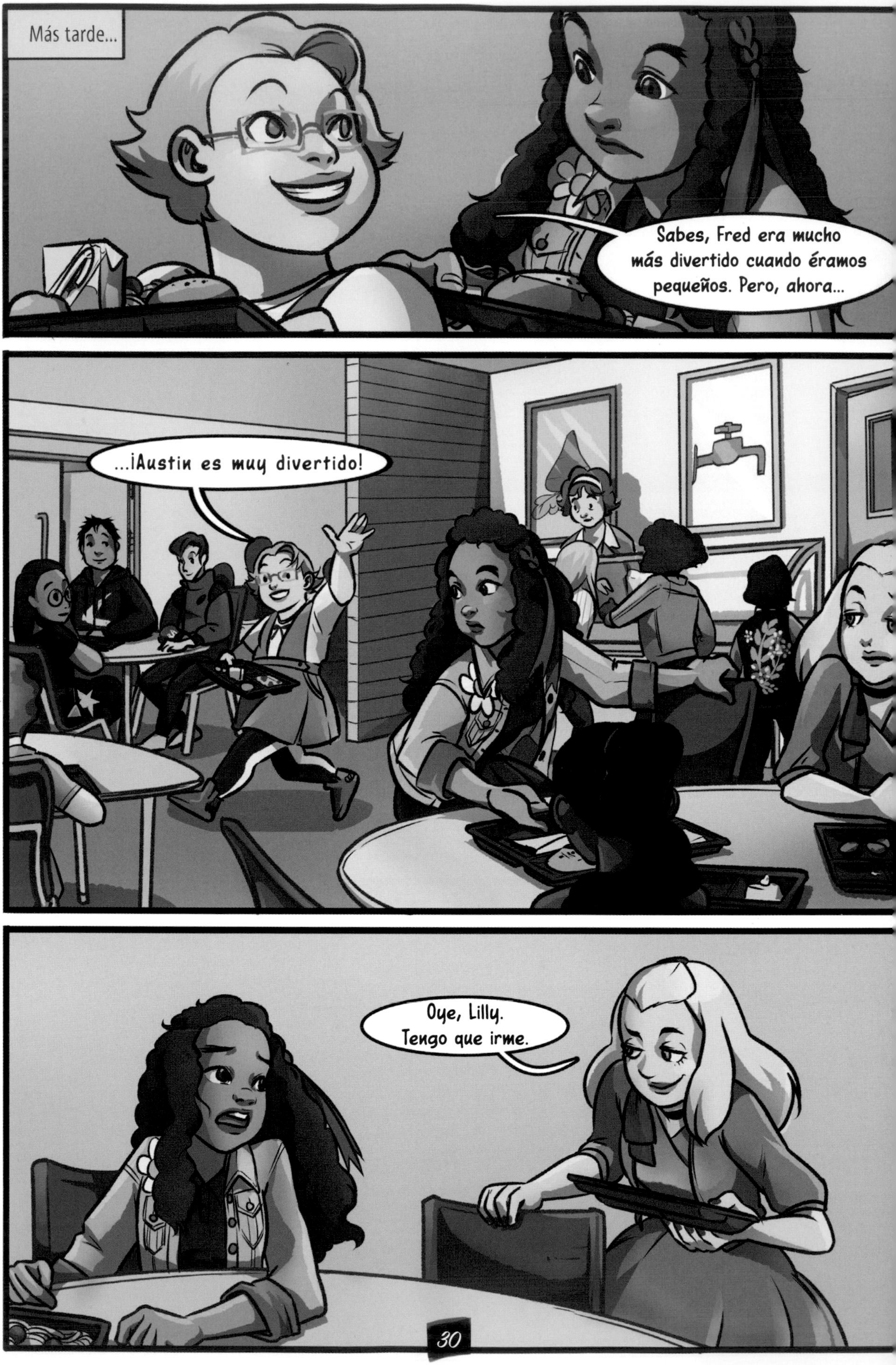
Más tarde...
Sabes, Fred era mucho más divertido cuando éramos pequeños. Pero, ahora...
...¡Austin es muy divertido!
Oye, Lilly. Tengo que irme.

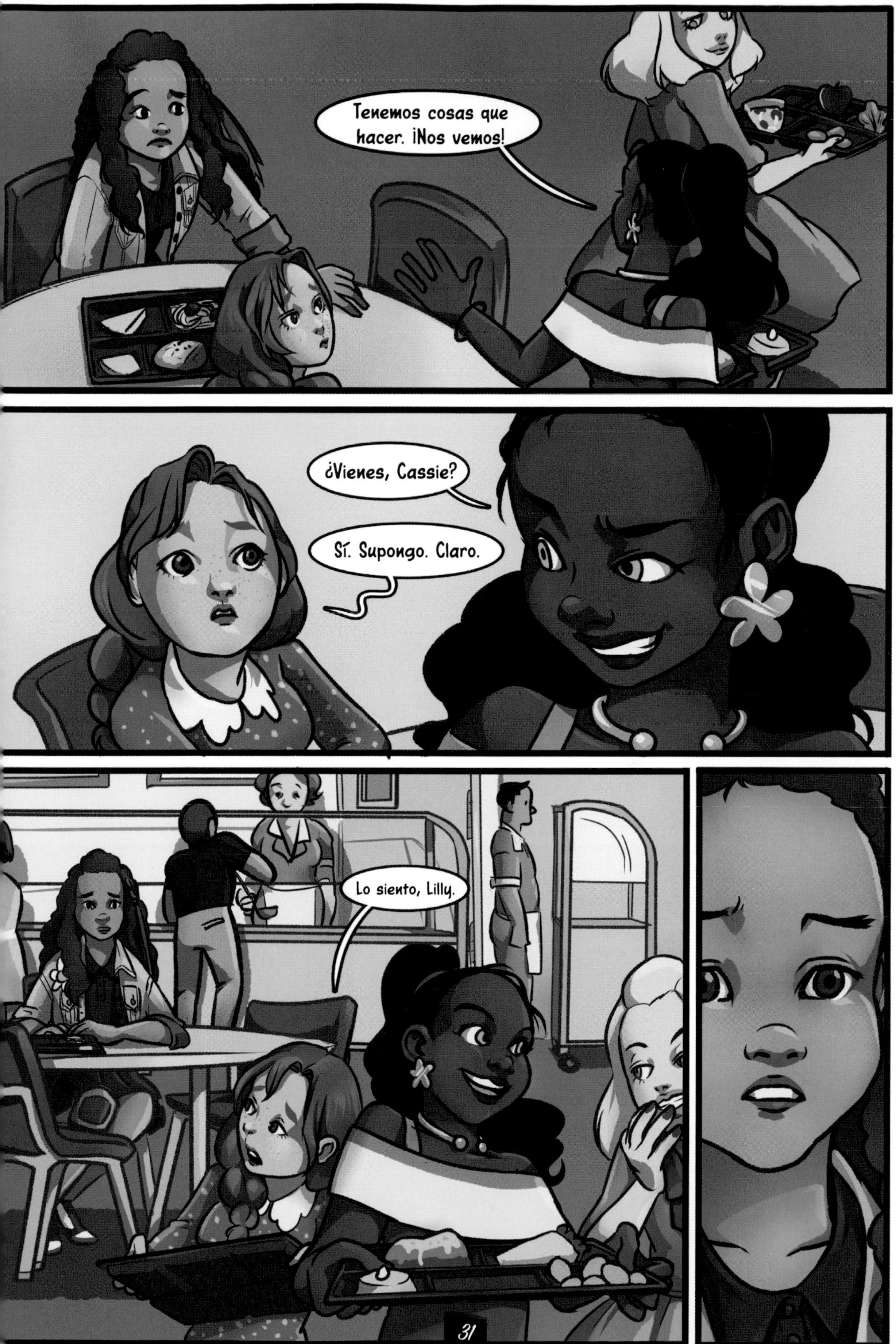
Tenemos cosas que hacer. ¡Nos vemos!
¿Vienes, Cassie?
Sí. Supongo. Claro.
Lo siento, Lilly.

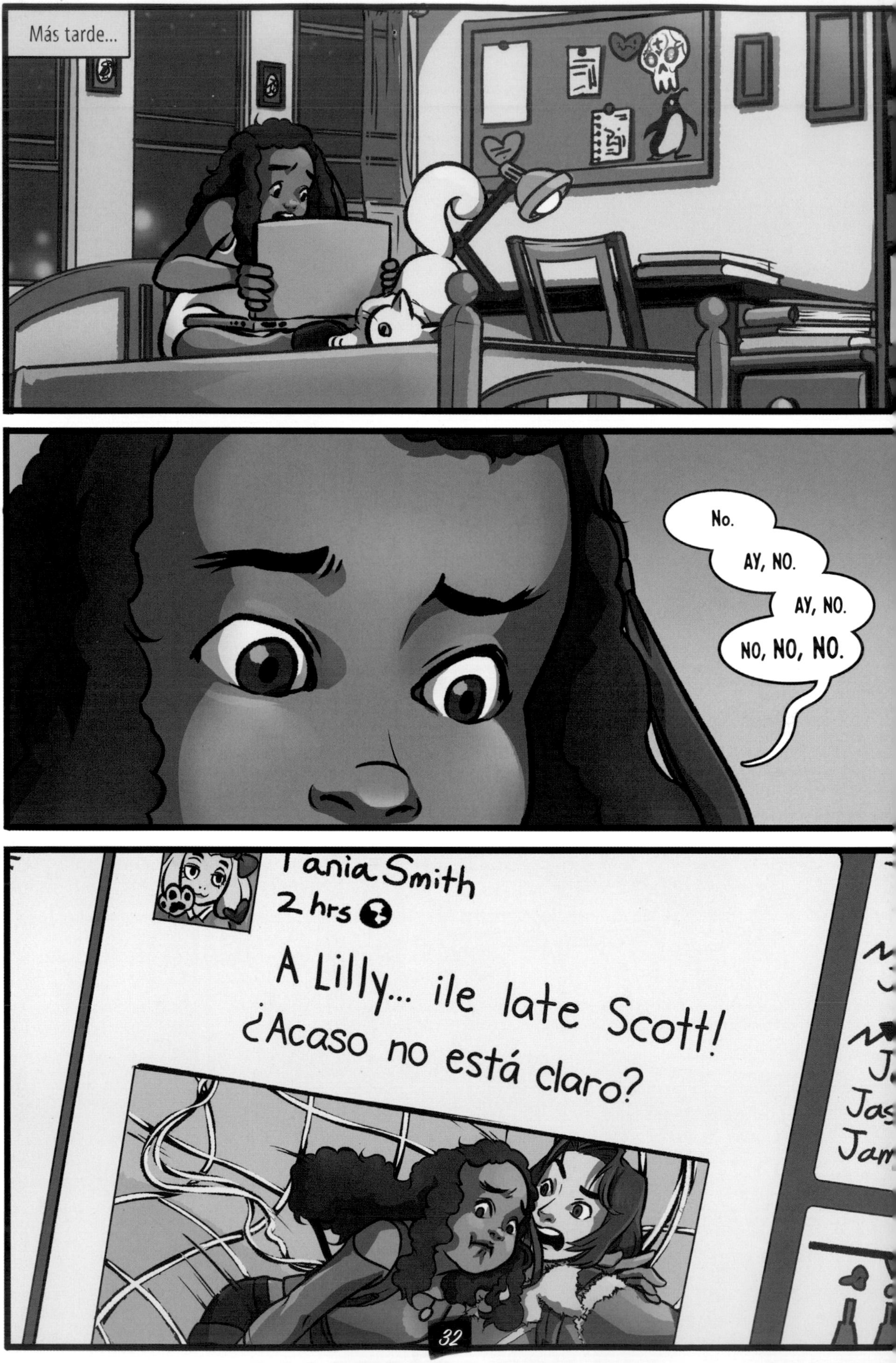
Más tarde...
No.
AY, NO.
AY, NO.
NO, NO, NO.
Tania Smith
2 hrs
A Lilly... ¡le late Scott!
¿Acaso no está claro?

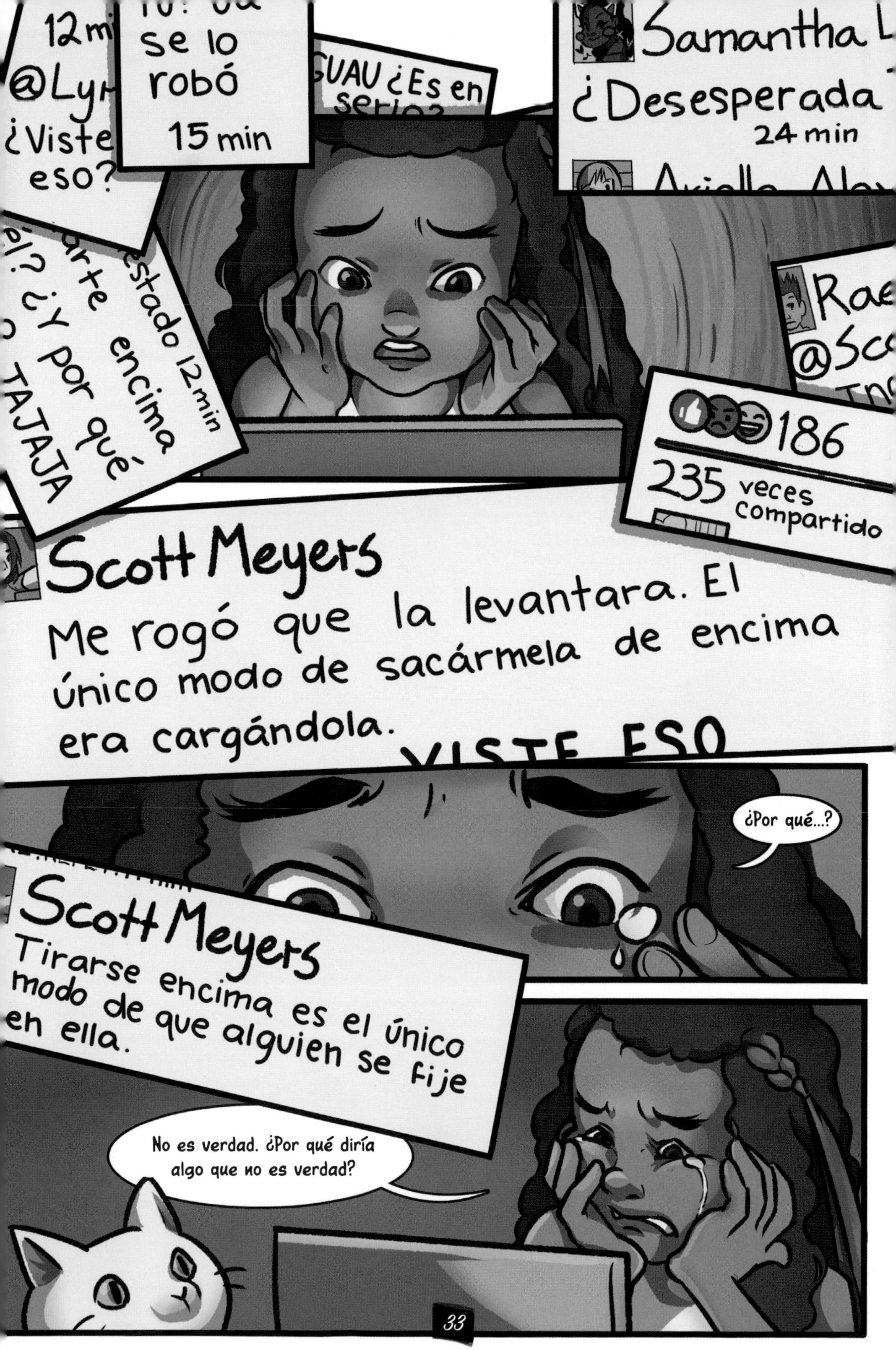
12 mi
@Ly
¿Viste
eso?
se lo
robó
15 min
GUAU ¿Es en
Samantha
¿Desesperada
24 min
estado 12 min
arte encima
él? ¿Y por qué
TAJAJA
Rae
@Sc
186
235 veces compartido
Scott Meyers
Me rogó que la levantara. El único modo de sacármela de encima era cargándola.
¿Por qué...?
Scott Meyers
Tirarse encima es el único modo de que alguien se fije en ella.
No es verdad. ¿Por qué diría algo que no es verdad?

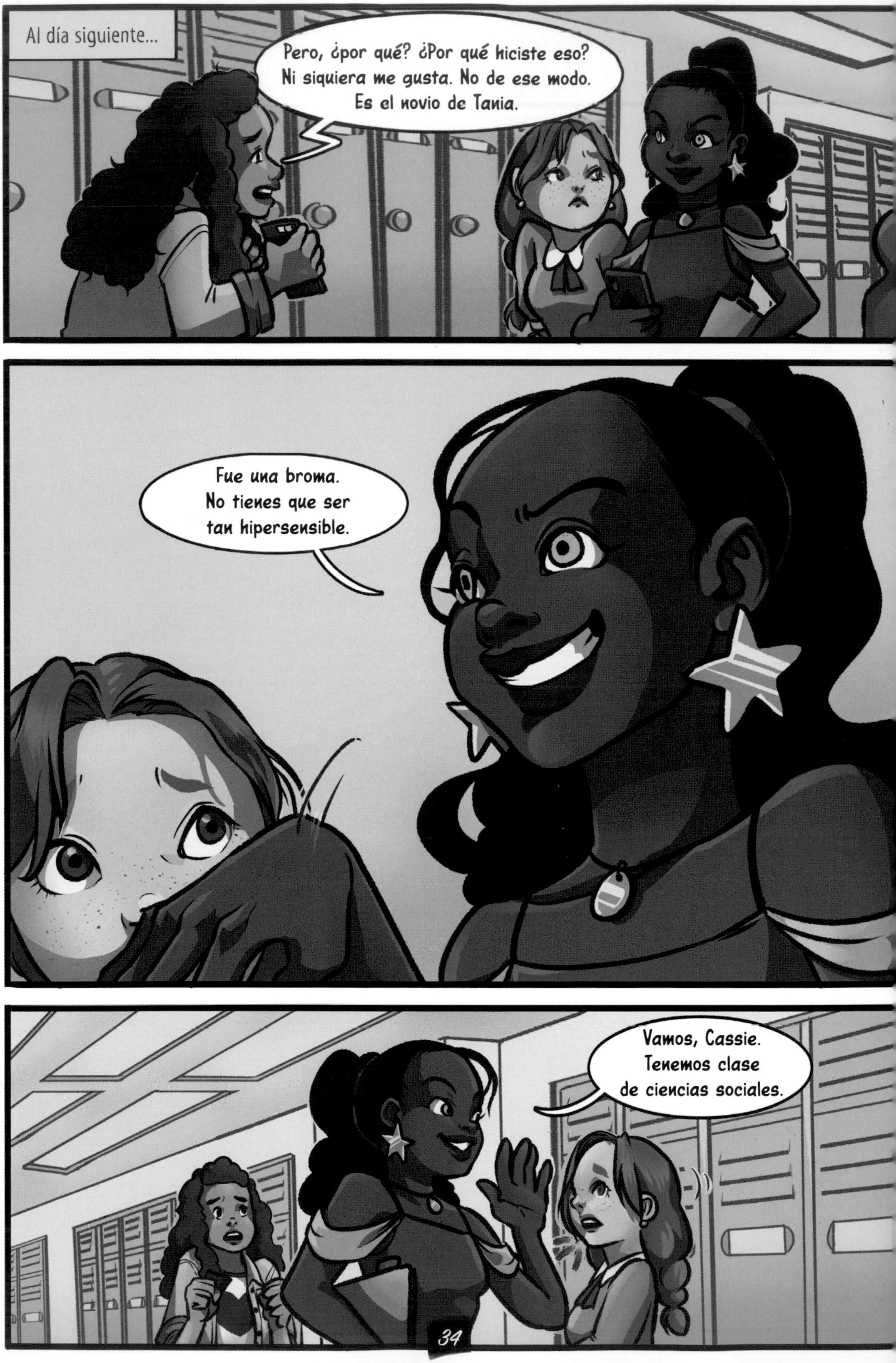
Al día siguiente...
Pero, ¿por qué? ¿Por qué hiciste eso? Ni siquiera me gusta. No de ese modo. Es el novio de Tania.
Fue una broma. No tienes que ser tan hipersensible.
Vamos, Cassie. Tenemos clase de ciencias sociales.

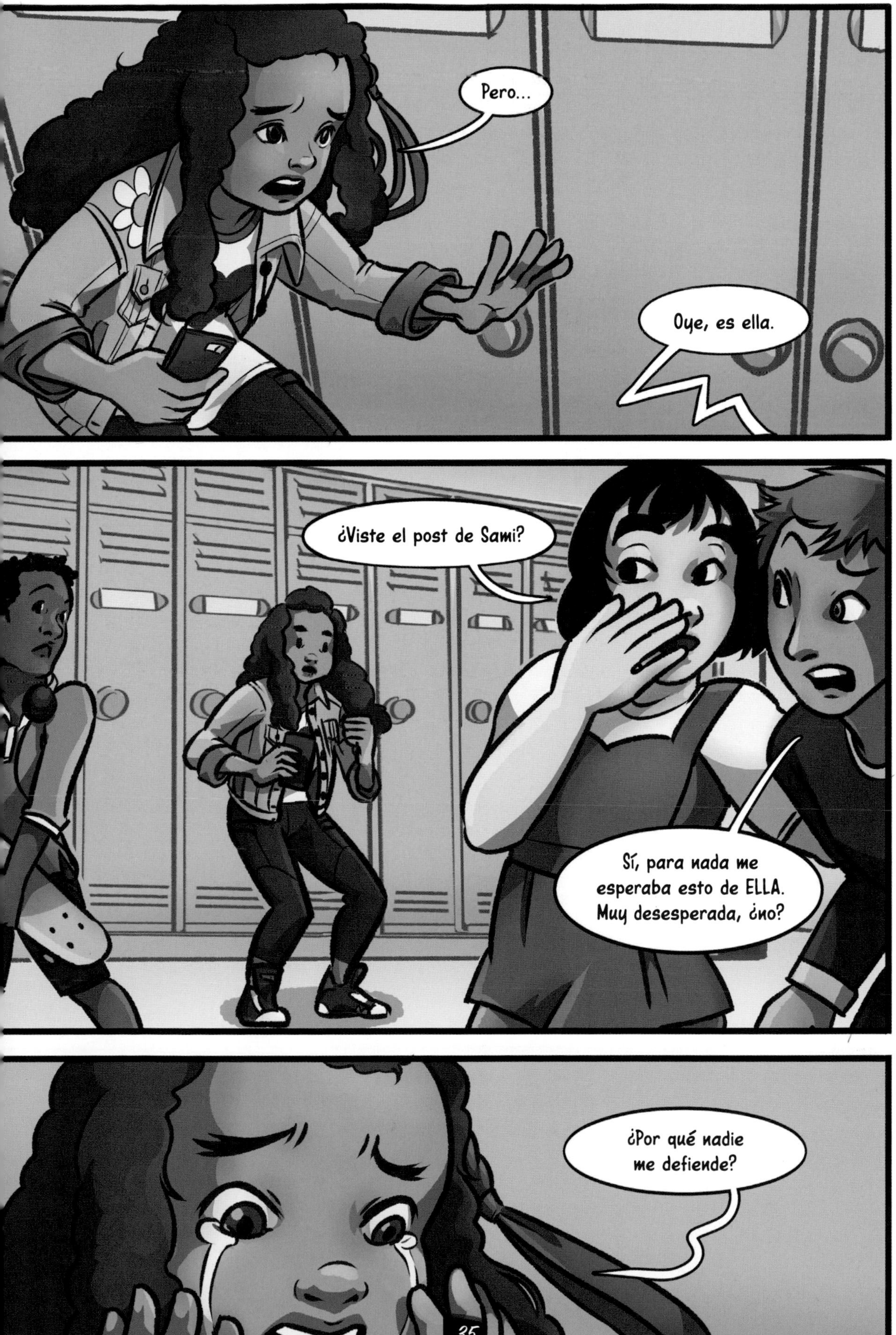
Pero...
Oye, es ella.
¿Viste el post de Sami?
Sí, para nada me esperaba esto de ELLA. Muy desesperada, ¿no?
¿Por qué nadie me defiende?

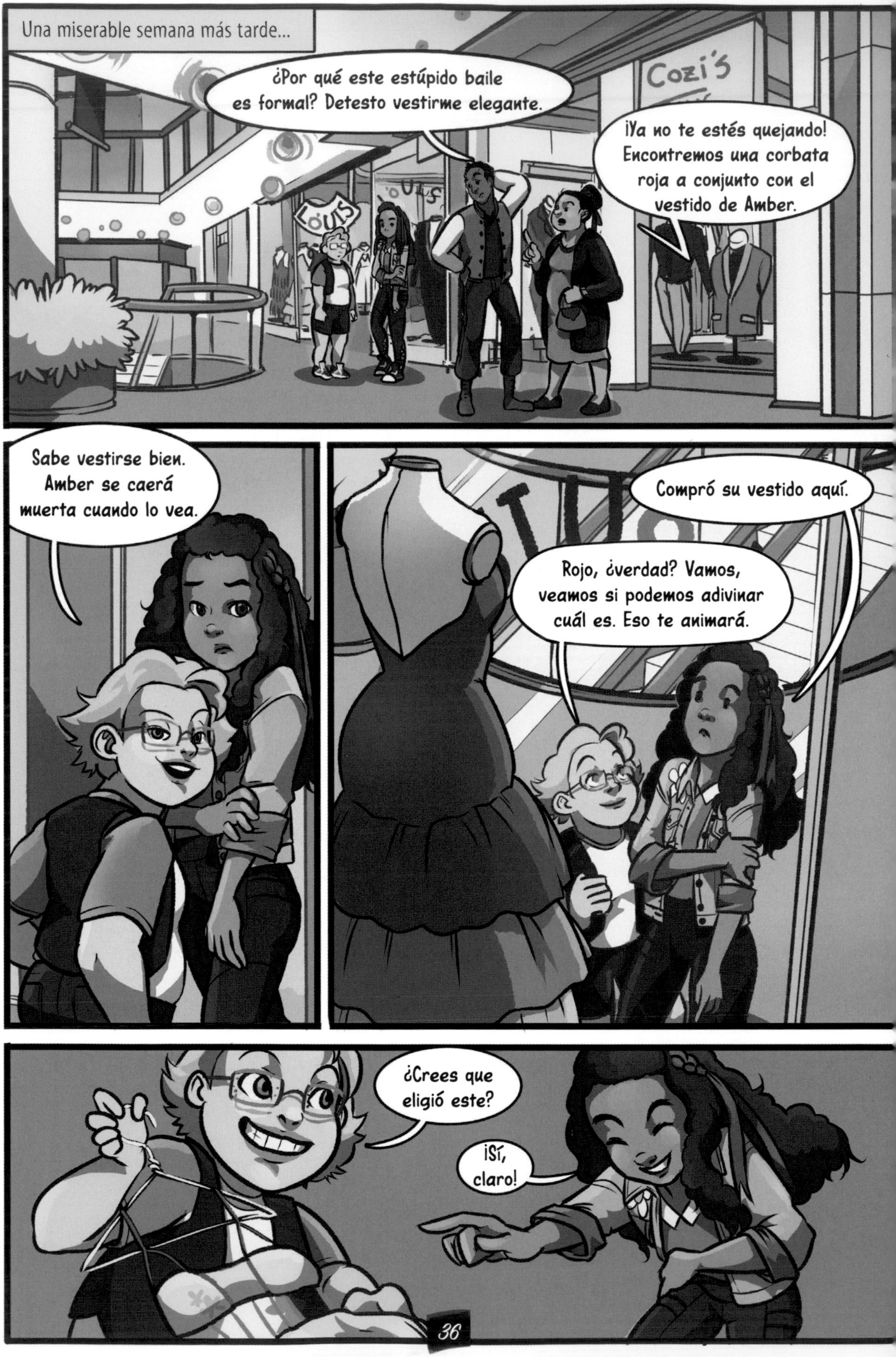
Una miserable semana más tarde...
¿Por qué este estúpido baile es formal? Detesto vestirme elegante.
¡Ya no te estés quejando! Encontremos una corbata roja a conjunto con el vestido de Amber.
COZI'S
LOUIS
Sabe vestirse bien. Amber se caerá muerta cuando lo vea.
Compró su vestido aquí.
Rojo, ¿verdad? Vamos, veamos si podemos adivinar cuál es. Eso te animará.
¿Crees que eligió este?
¡Sí, claro!

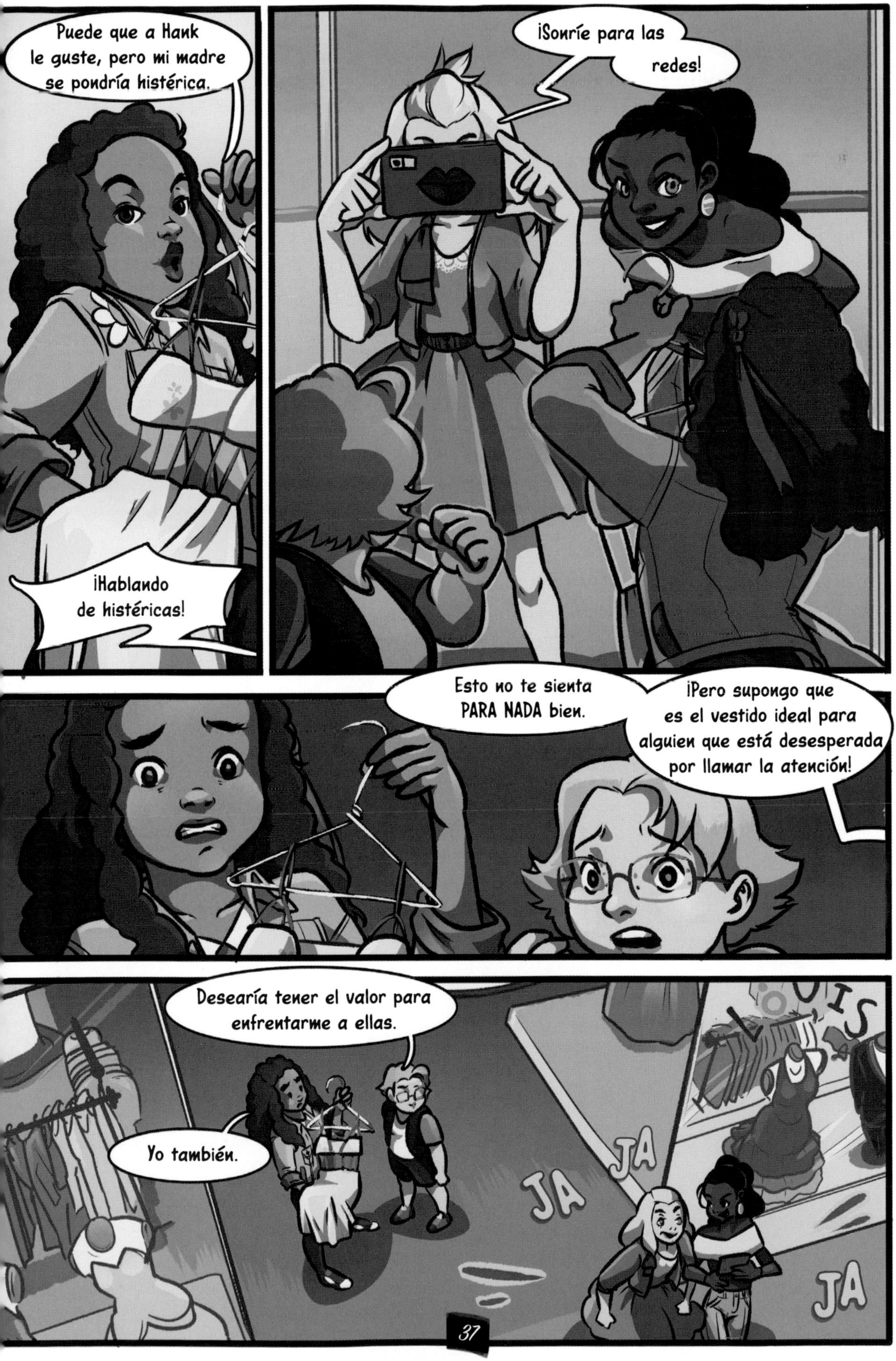

Puede que a Hank le guste, pero mi madre se pondría histérica.
¡Hablando de histéricas!
¡Sonríe para las redes!
Esto no te sienta PARA NADA bien.
¡Pero supongo que es el vestido ideal para alguien que está desesperada por llamar la atención!
Desearía tener el valor para enfrentarme a ellas.
Yo también.
JA
JA
JA
JA

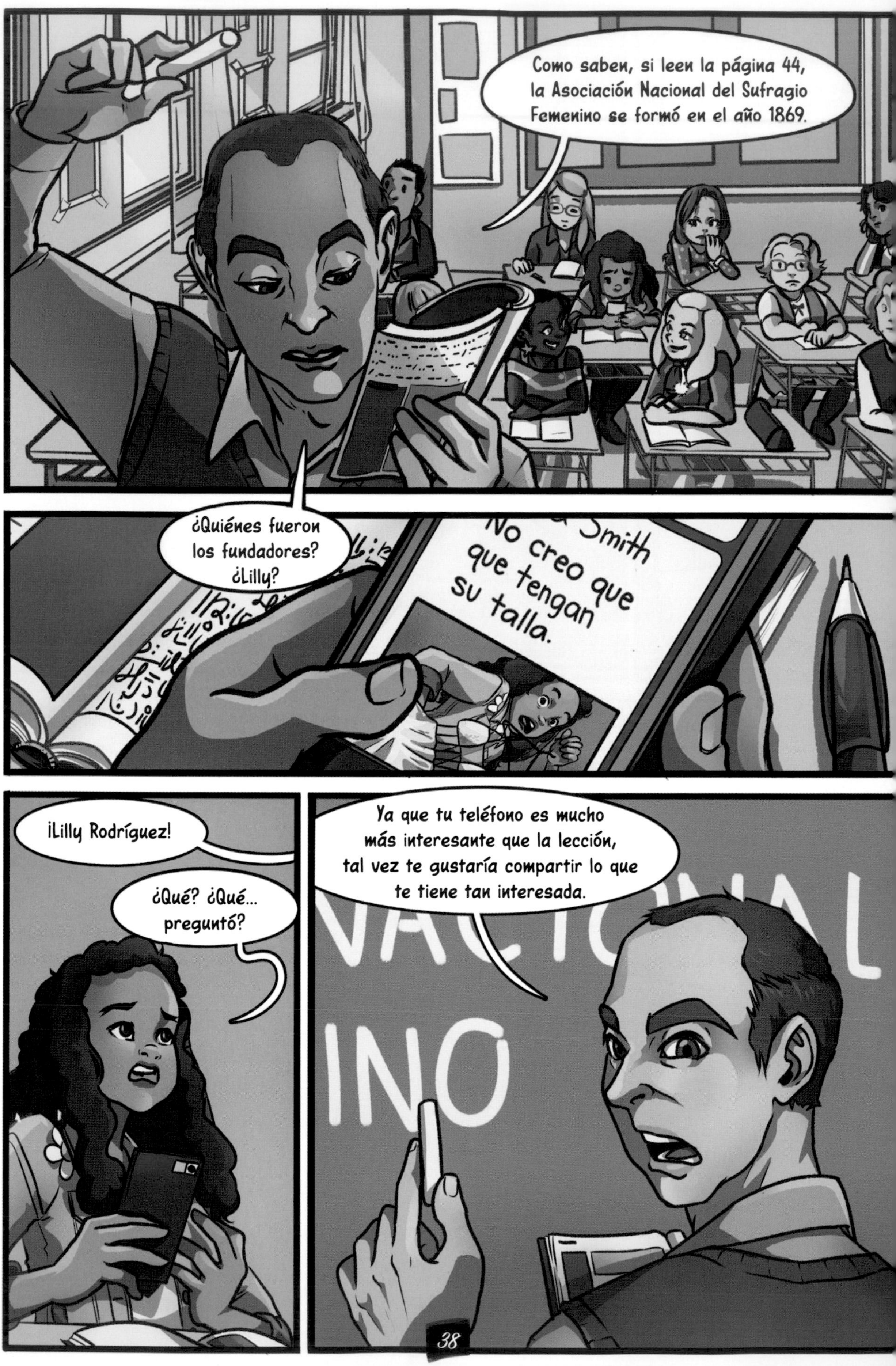
Como saben, si leen la página 44, la Asociación Nacional del Sufragio Femenino se formó en el año 1869.
¿Quiénes fueron los fundadores? ¿Lilly?
No creo que tengan su talla.
¡Lilly Rodríguez!
¿Qué? ¿Qué... preguntó?
Ya que tu teléfono es mucho más interesante que la lección, tal vez te gustaría compartir lo que te tiene tan interesada.

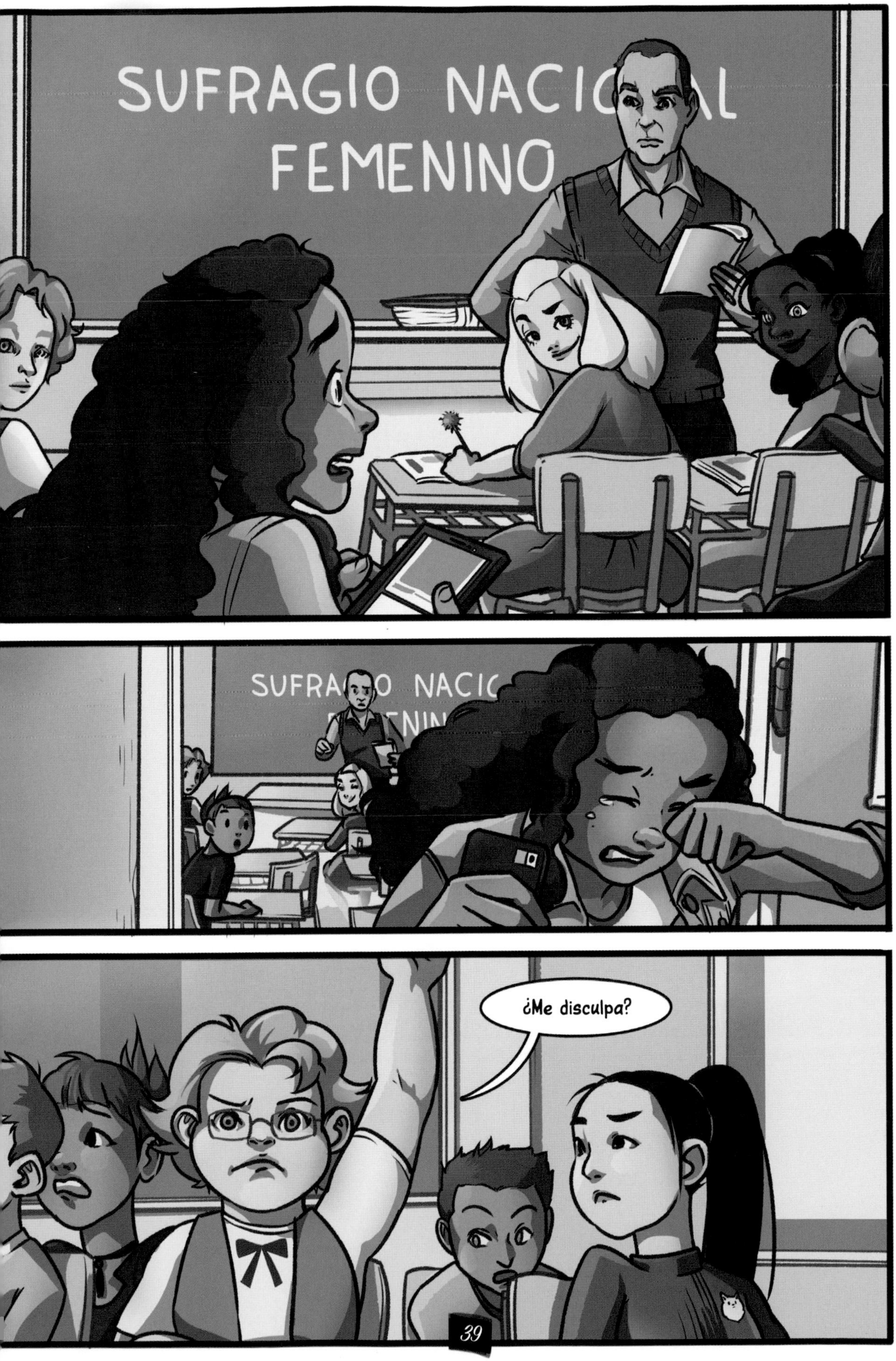
SUFRAGIO
FEMENINO
¿Me disculpa?

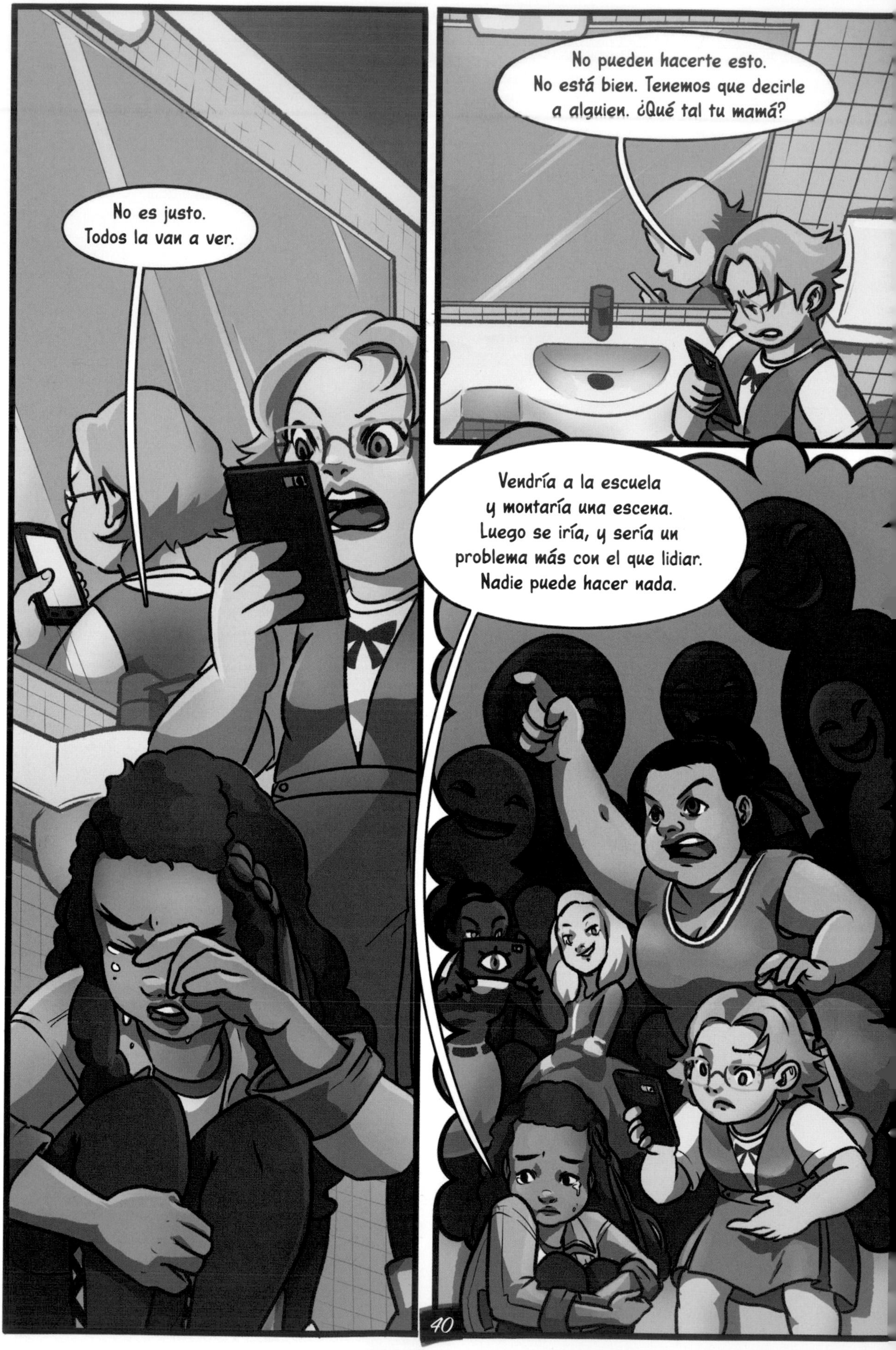
No es justo.
Todos la van a ver.
No pueden hacerte esto.
No está bien. Tenemos que decirle a alguien. ¿Qué tal tu mamá?
Vendría a la escuela y montaría una escena. Luego se iría, y sería un problema más con el que lidiar. Nadie puede hacer nada.

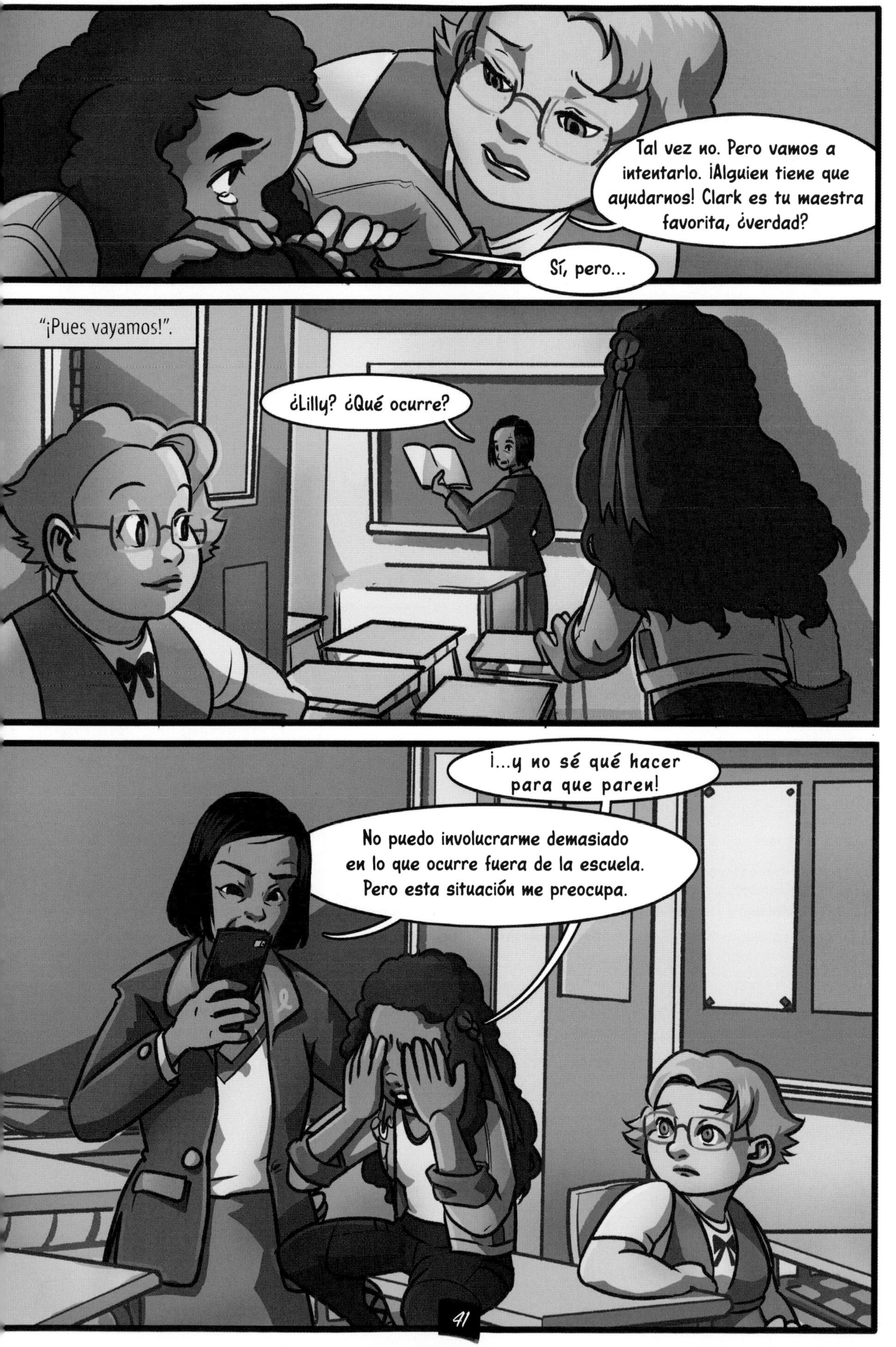
Tal vez no. Pero vamos a intentarlo. ¡Alguien tiene que ayudarnos! Clark es tu maestra favorita, ¿verdad?
Sí, pero...
"¡Pues vayamos!".
¿Lilly? ¿Qué ocurre?
¡...y no sé qué hacer para que paren!
No puedo involucrarme demasiado en lo que ocurre fuera de la escuela. Pero esta situación me preocupa.

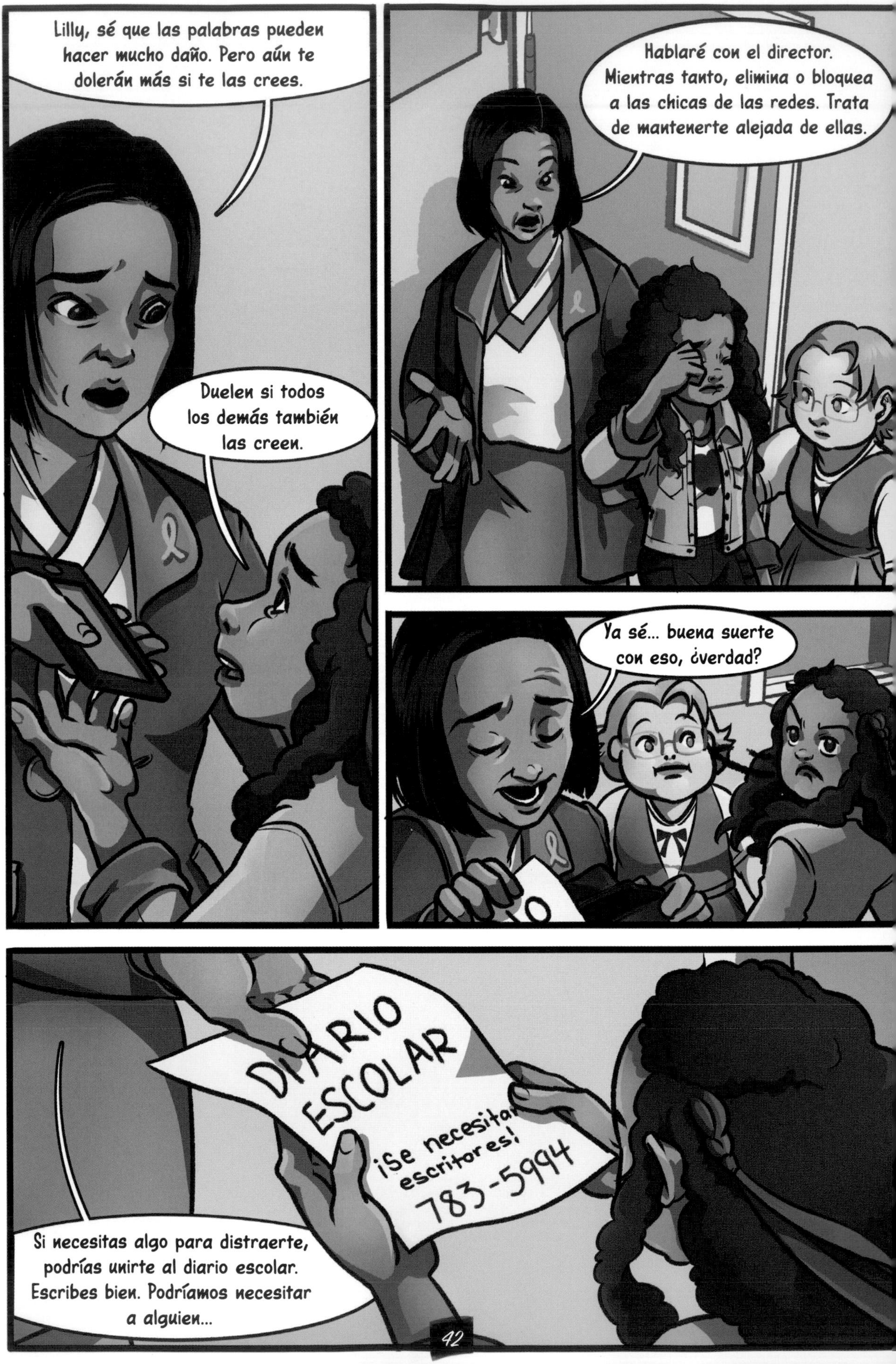
Lilly, sé que las palabras pueden hacer mucho daño. Pero aún te dolerán más si te las crees.
Duelen si todos los demás también las creen.
Hablaré con el director. Mientras tanto, elimina o bloquea a las chicas de las redes. Trata de mantenerte alejada de ellas.
Ya sé... buena suerte con eso, ¿verdad?
DIARIO ESCOLAR
¡Se necesitan escritores!
783-5994
Si necesitas algo para distraerte, podrías unirte al diario escolar. Escribes bien. Podríamos necesitar a alguien...

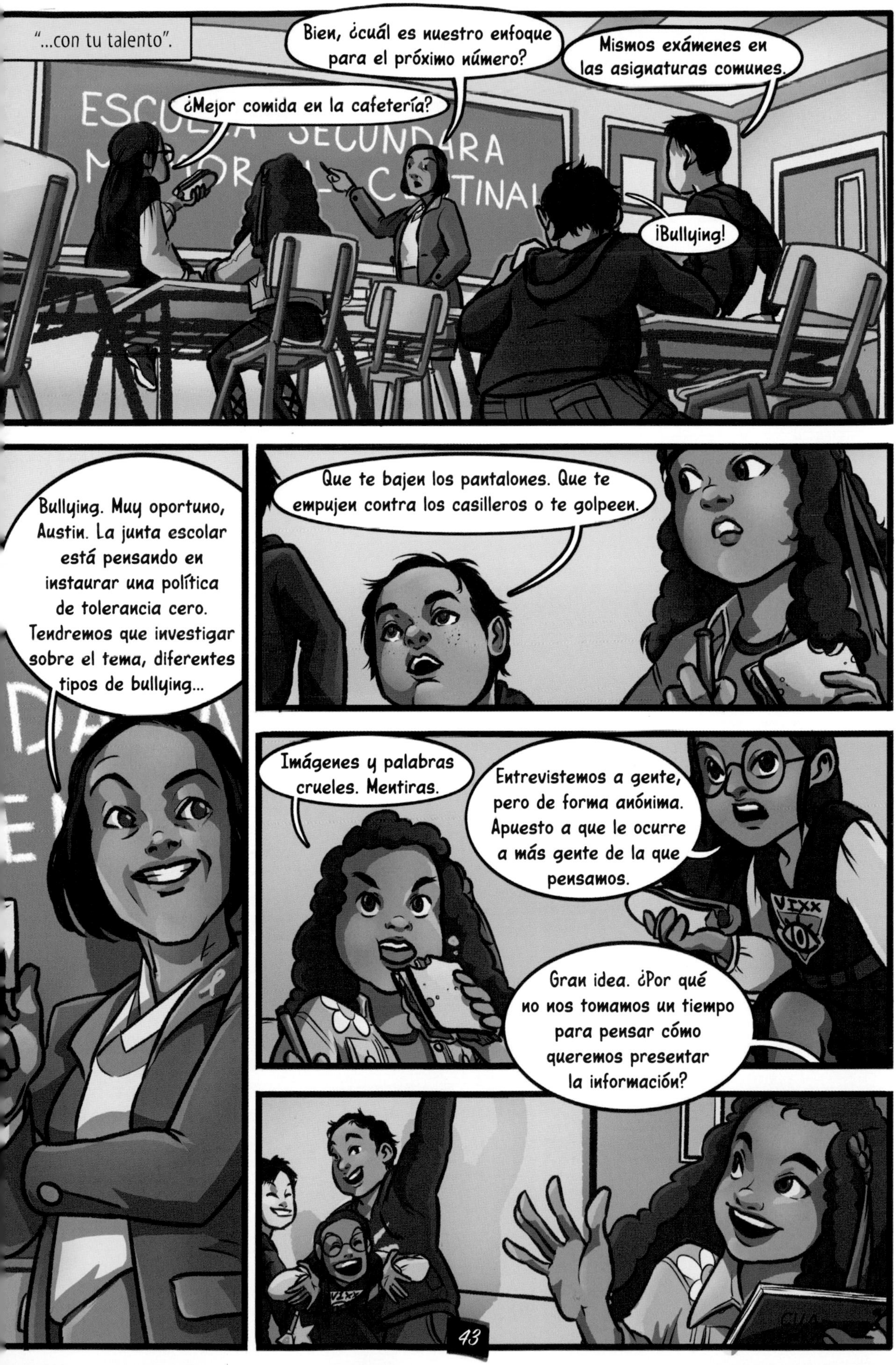
"...con tu talento".
Bien, ¿cuál es nuestro enfoque para el próximo número?
¿Mejor comida en la cafetería?
Mismos exámenes en las asignaturas comunes.
¡Bullying!
Bullying. Muy oportuno, Austin. La junta escolar está pensando en instaurar una política de tolerancia cero. Tendremos que investigar sobre el tema, diferentes tipos de bullying...
Que te bajen los pantalones. Que te empujen contra los casilleros o te golpeen.
Imágenes y palabras crueles. Mentiras.
Entrevistemos a gente, pero de forma anónima. Apuesto a que le ocurre a más gente de la que pensamos.
Gran idea. ¿Por qué no nos tomamos un tiempo para pensar cómo queremos presentar la información?

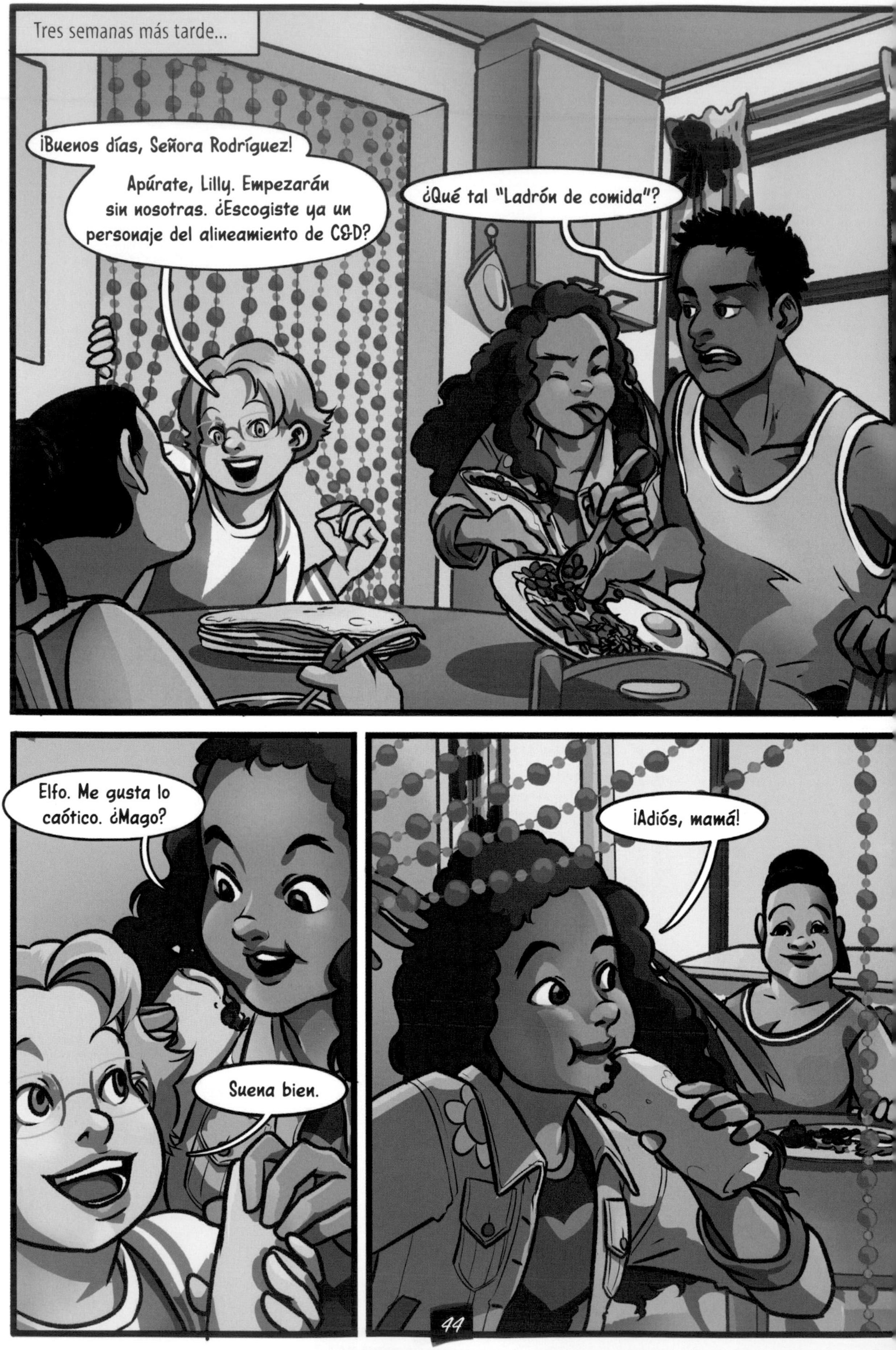
Tres semanas más tarde...
¡Buenos días, Señora Rodríguez!
Apúrate, Lilly. Empezarán sin nosotras. ¿Escogiste ya un personaje del alineamiento de C&D?
¿Qué tal "Ladrón de comida"?
Elfo. Me gusta lo caótico. ¿Mago?
Suena bien.
¡Adiós, mamá!

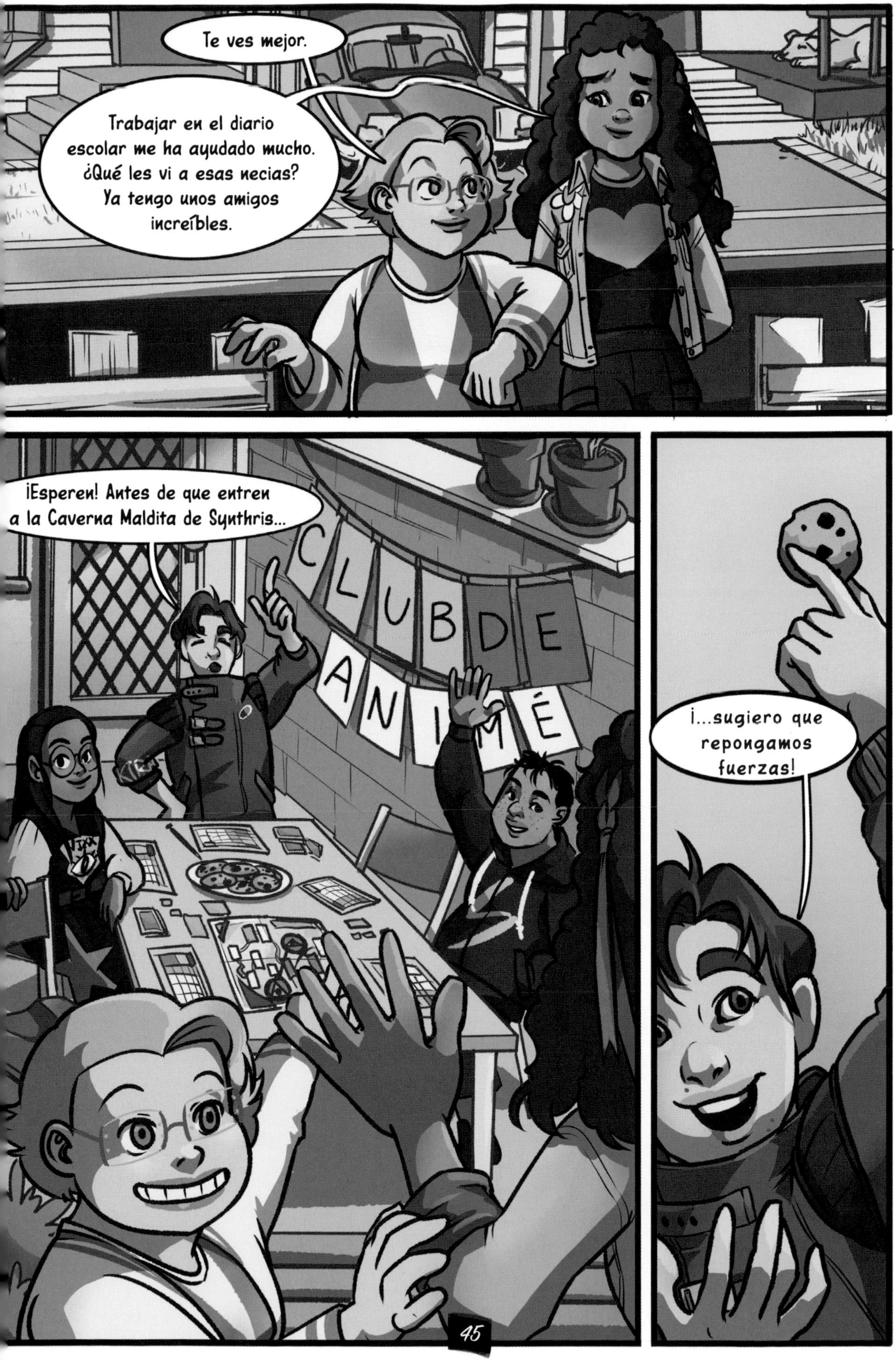
Te ves mejor.
Trabajar en el diario escolar me ha ayudado mucho. ¿Qué les vi a esas necias? Ya tengo unos amigos increíbles.
¡Esperen! Antes de que entren a la Caverna Maldita de Synthris...
CLUB DE ANIMÉ
¡...sugiero que repongamos fuerzas!

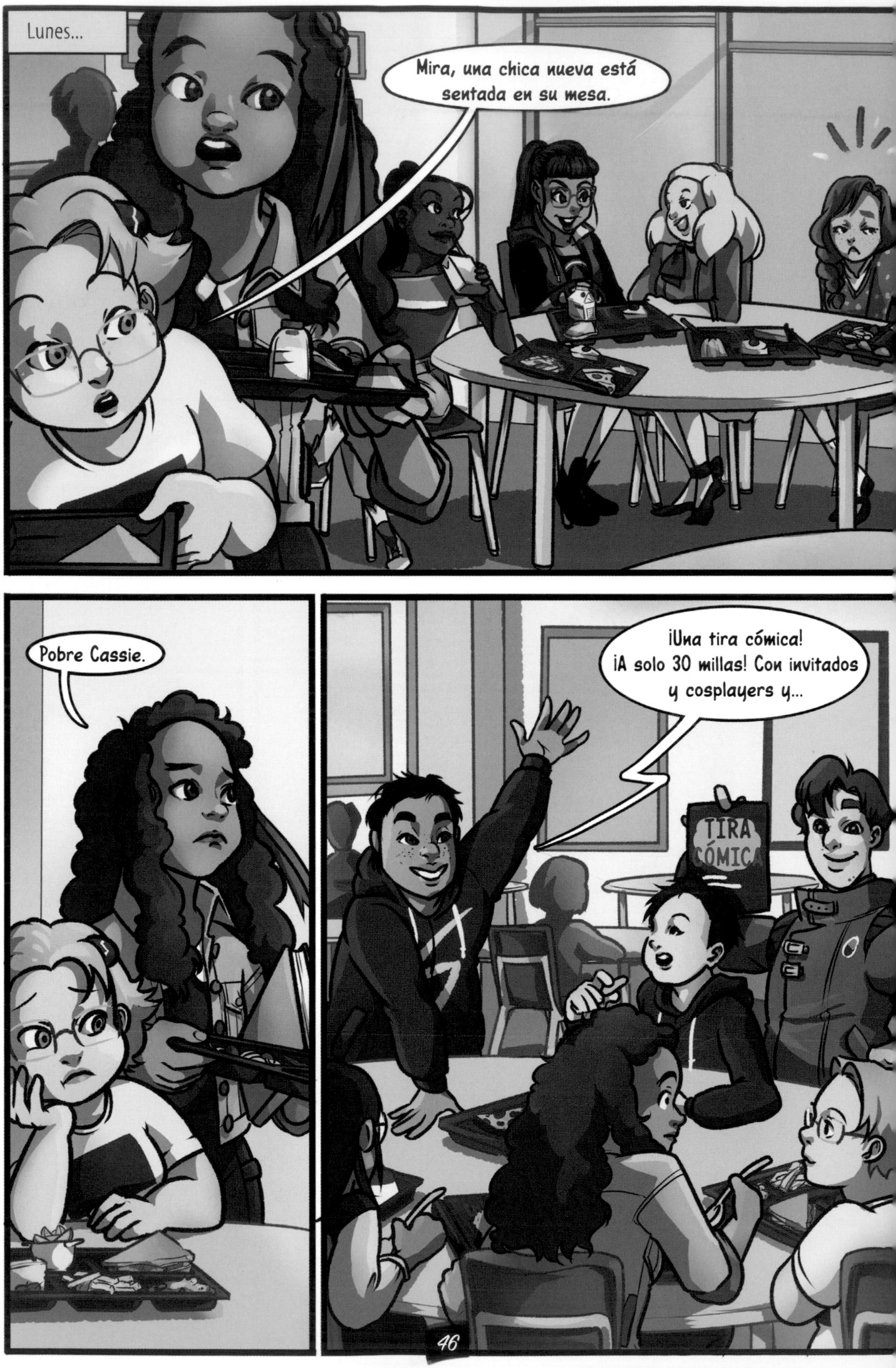
Lunes...
Mira, una chica nueva está sentada en su mesa.
Pobre Cassie.
¡Una tira cómica! ¡A solo 30 millas! Con invitados y cosplayers y...
TIRA CÓMICA

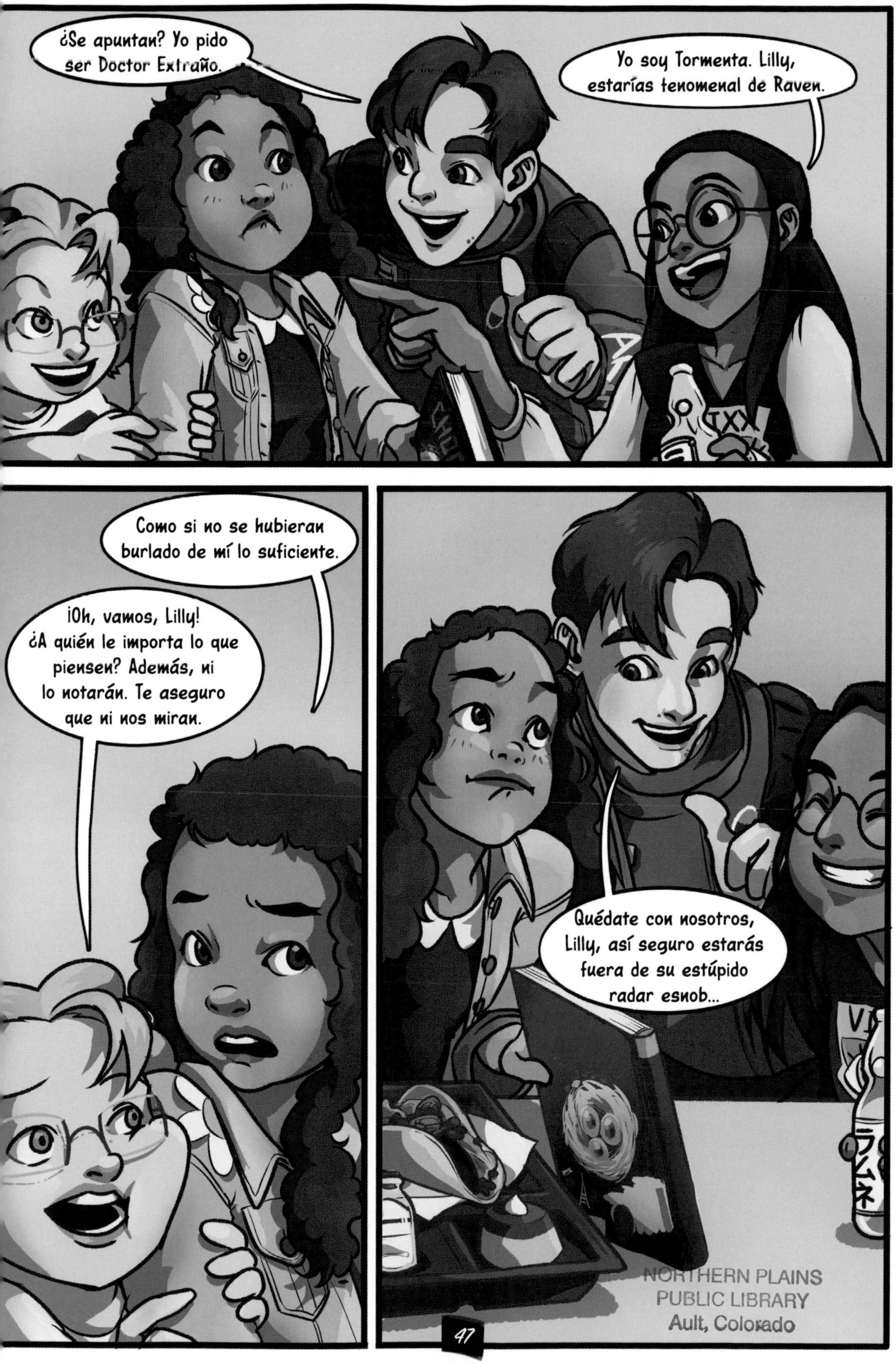
¿Se apuntan? Yo pido ser Doctor Extraño.
Yo soy Tormenta. Lilly, estarías fenomenal de Raven.
Como si no se hubieran burlado de mí lo suficiente.
¡Oh, vamos, Lilly! ¿A quién le importa lo que piensen? Además, ni lo notarán. Te aseguro que ni nos miran.
Quédate con nosotros, Lilly, así seguro estarás fuera de su estúpido radar esnob...

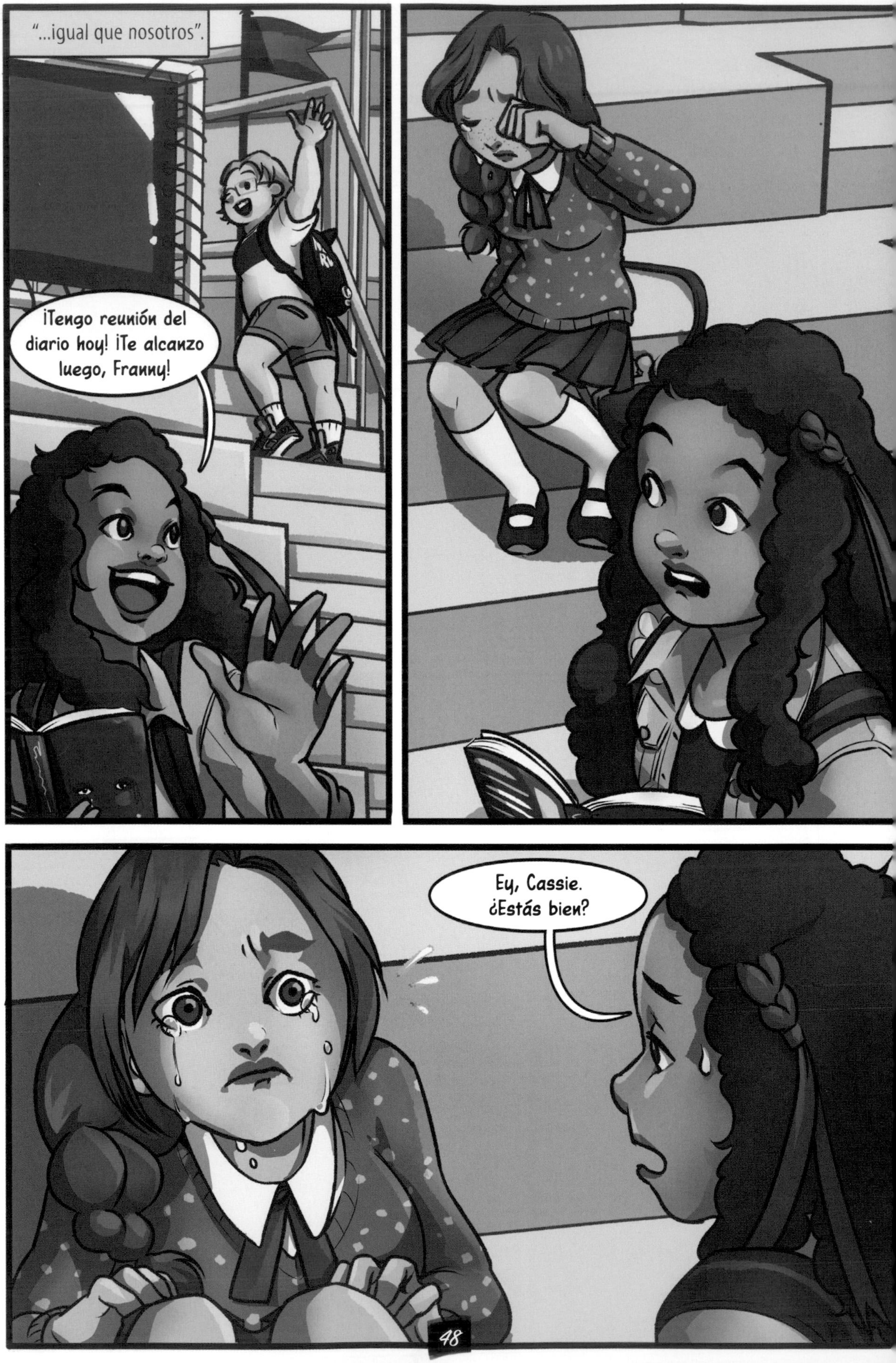

"...igual que nosotros".
¡Tengo reunión del diario hoy! ¡Te alcanzo luego, Franny!
Ey, Cassie. ¿Estás bien?

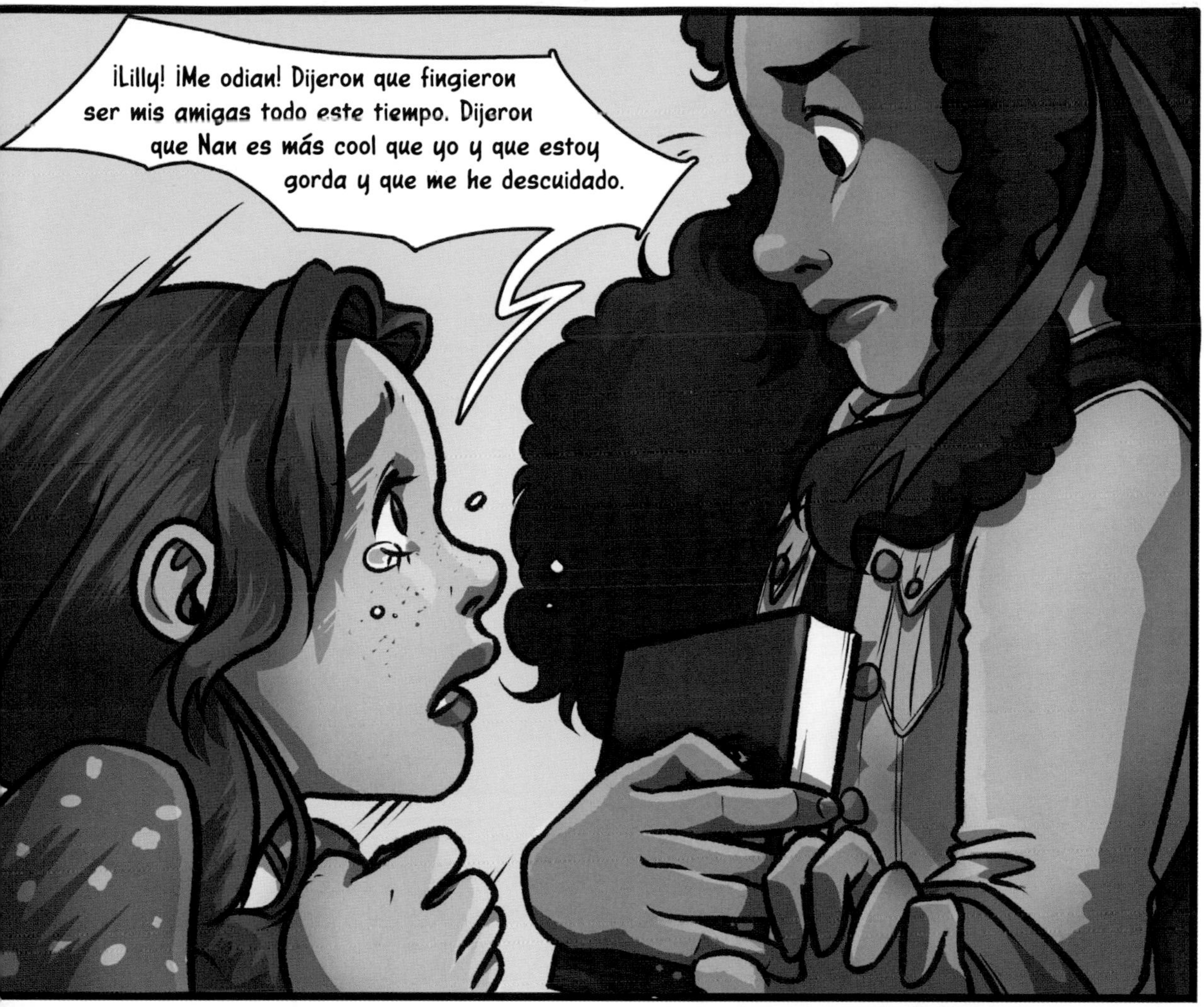
¡Lilly! ¡Me odian! Dijeron que fingieron ser mis amigas todo este tiempo. Dijeron que Nan es más cool que yo y que estoy gorda y que me he descuidado.

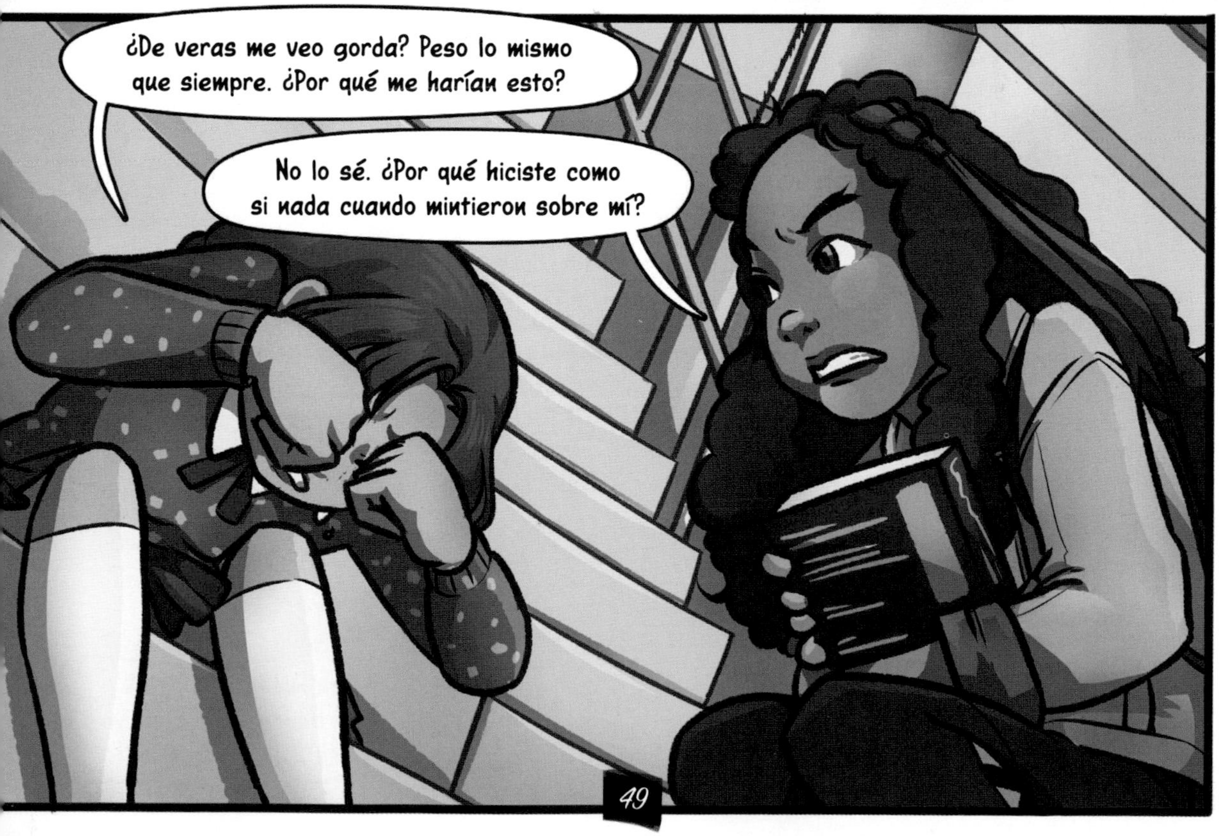
¿De veras me veo gorda? Peso lo mismo que siempre. ¿Por qué me harían esto?
No lo sé. ¿Por qué hiciste como si nada cuando mintieron sobre mí?

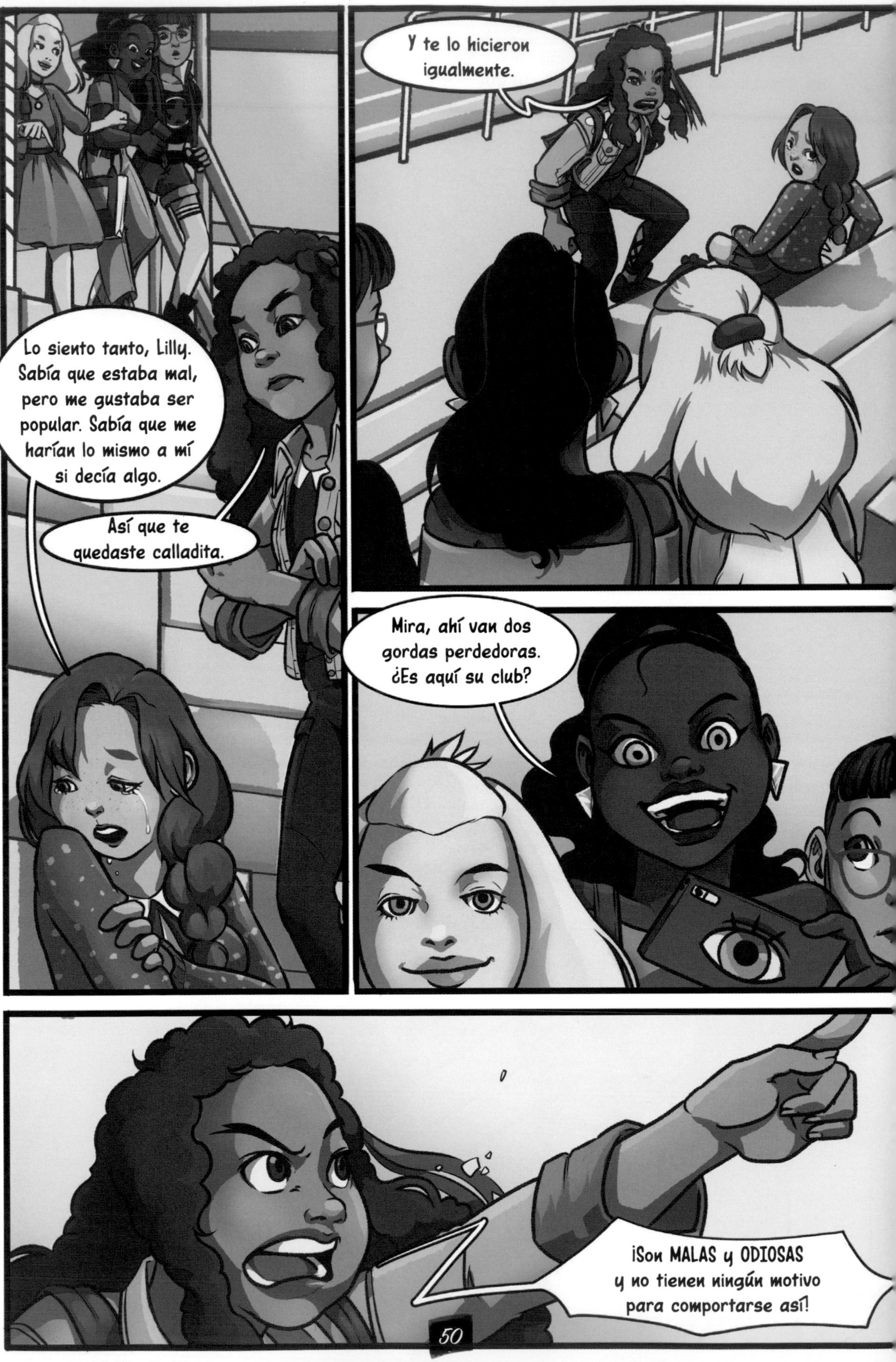
Lo siento tanto, Lilly. Sabía que estaba mal, pero me gustaba ser popular. Sabía que me harían lo mismo a mí si decía algo.
Así que te quedaste calladita.
Y te lo hicieron igualmente.
Mira, ahí van dos gordas perdedoras. ¿Es aquí su club?
¡Son MALAS y ODIOSAS y no tienen ningún motivo para comportarse así!

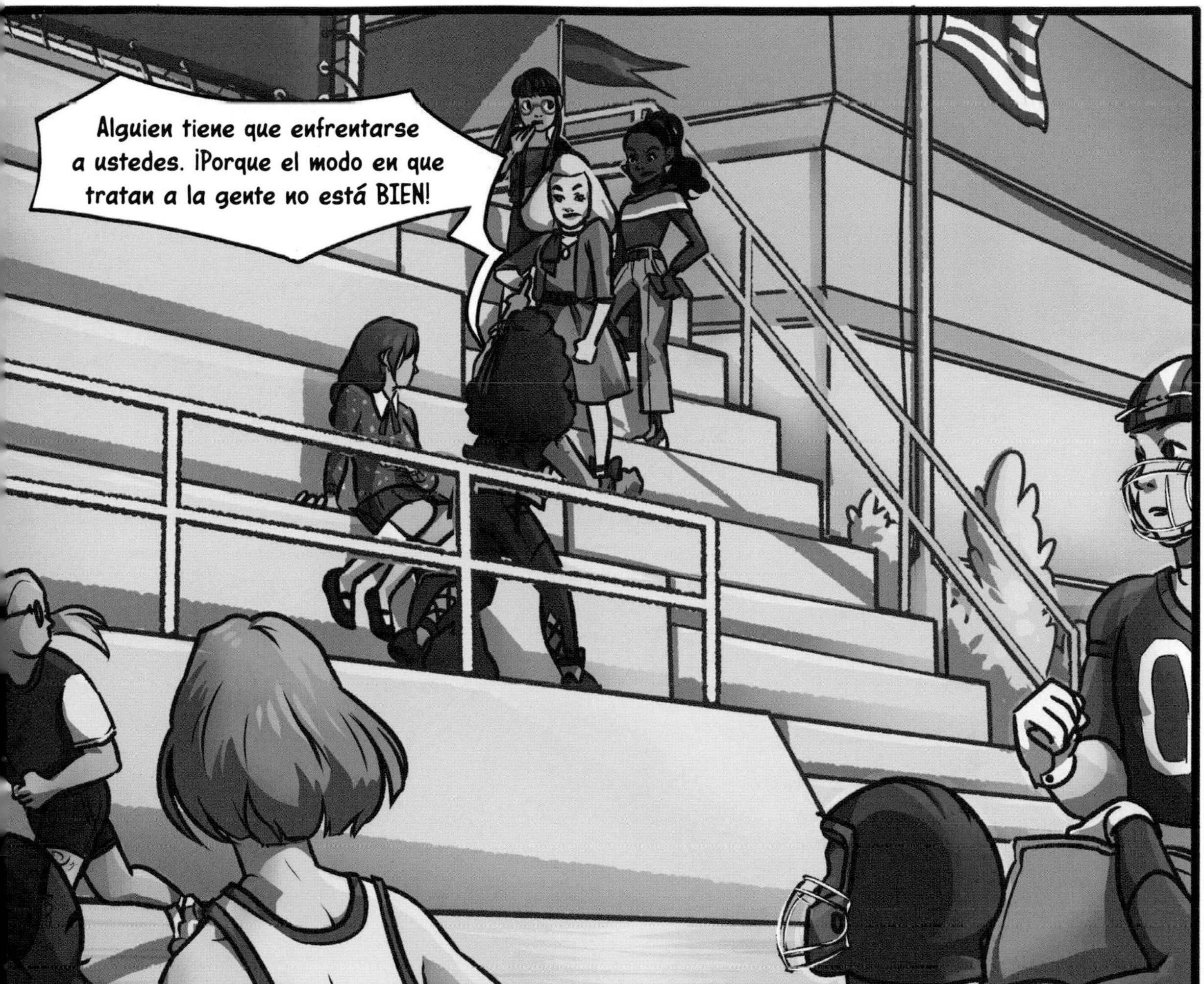
Alguien tiene que enfrentarse a ustedes. ¡Porque el modo en que tratan a la gente no está BIEN!

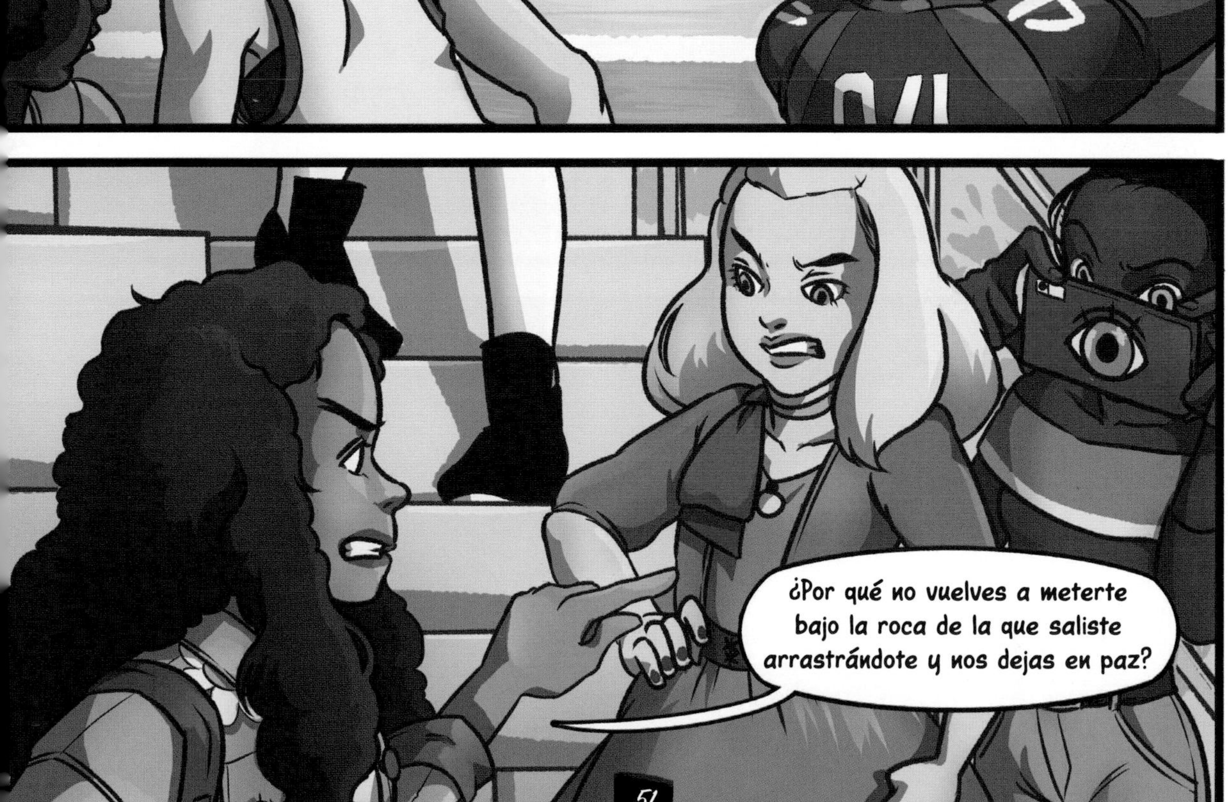
¿Por qué no vuelves a meterte bajo la roca de la que saliste arrastrándote y nos dejas en paz?

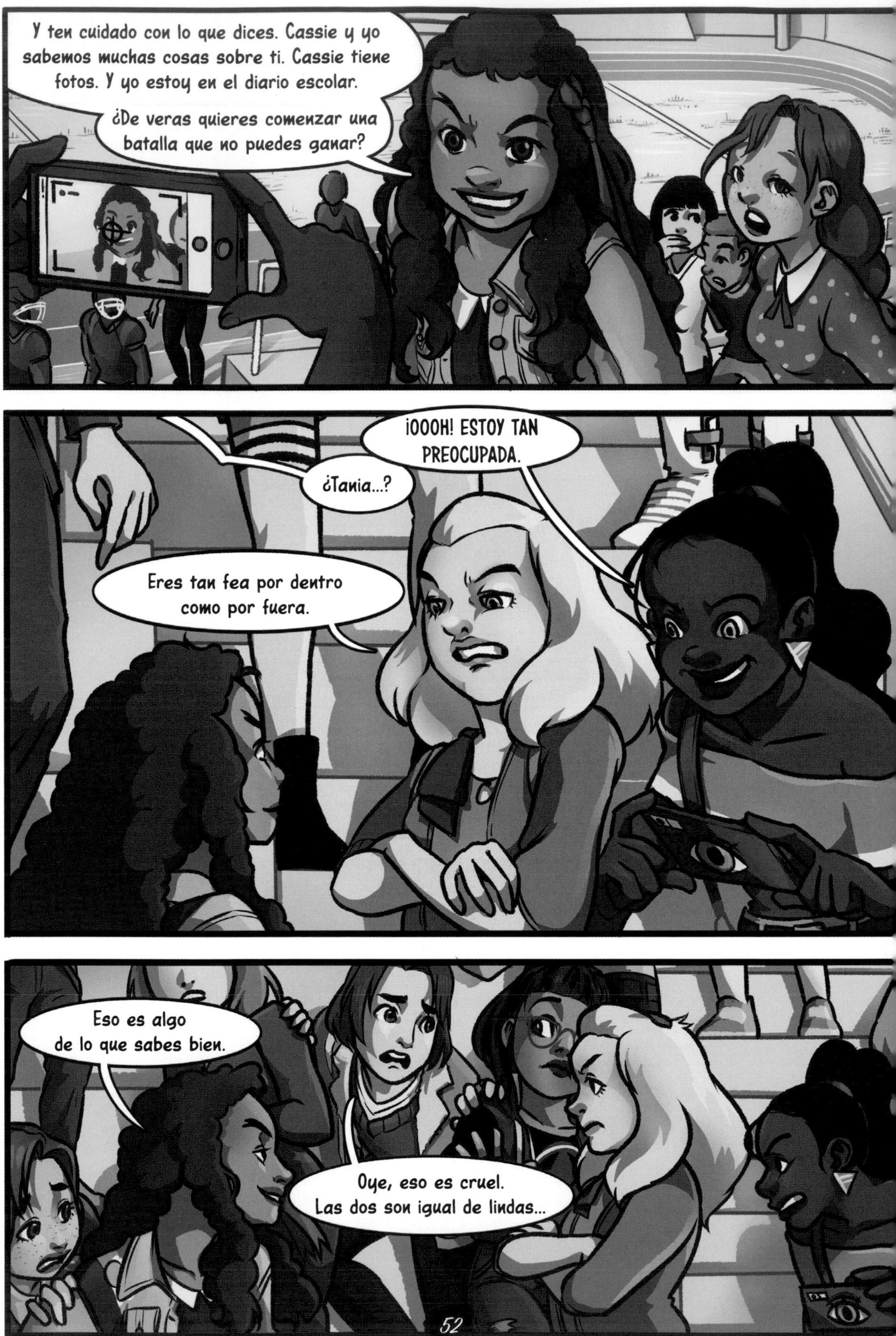
Y ten cuidado con lo que dices. Cassie y yo sabemos muchas cosas sobre ti. Cassie tiene fotos. Y yo estoy en el diario escolar.
¿De veras quieres comenzar una batalla que no puedes ganar?
¿Tania...?
¡OOOH! ESTOY TAN PREOCUPADA.
Eres tan fea por dentro como por fuera.
Eso es algo de lo que sabes bien.
Oye, eso es cruel. Las dos son igual de lindas...

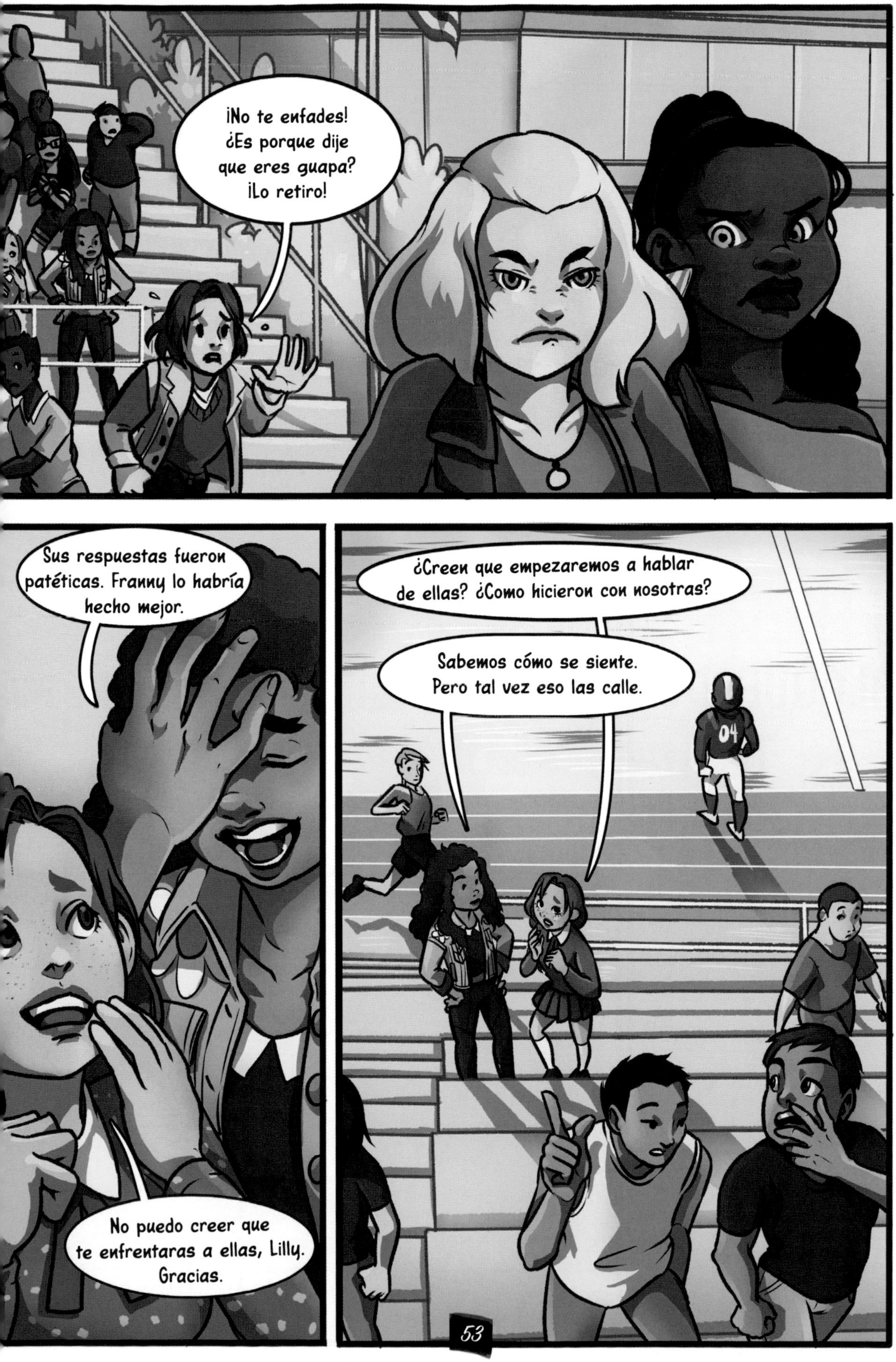
¡No te enfades! ¿Es porque dije que eres guapa? ¡Lo retiro!
Sus respuestas fueron patéticas. Franny lo habría hecho mejor.
No puedo creer que te enfrentaras a ellas, Lilly. Gracias.
¿Creen que empezaremos a hablar de ellas? ¿Como hicieron con nosotras?
Sabemos cómo se siente. Pero tal vez eso las calle.
04

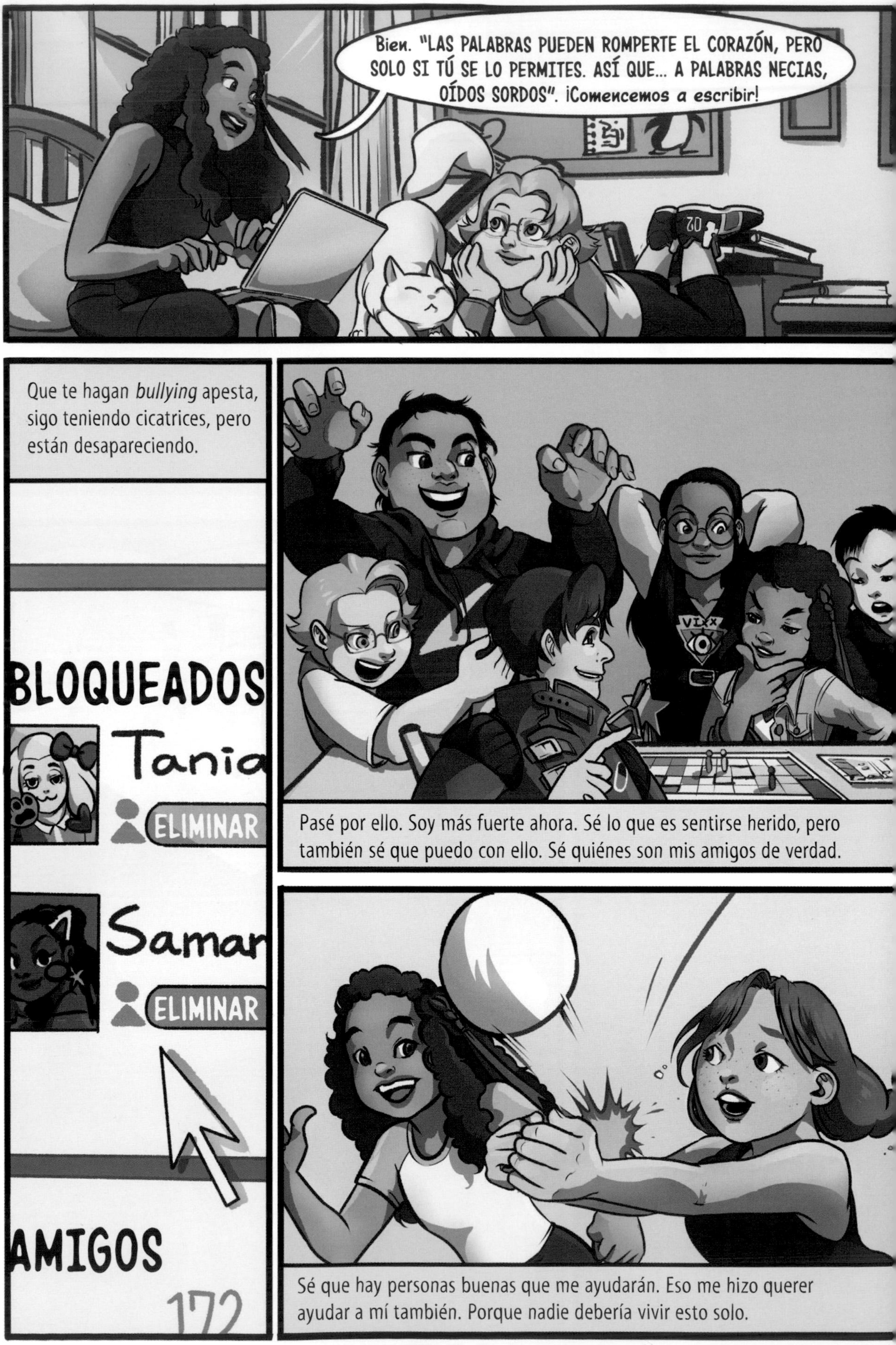

Bien. "LAS PALABRAS PUEDEN ROMPERTE EL CORAZÓN, PERO SOLO SI TÚ SE LO PERMITES. ASÍ QUE... A PALABRAS NECIAS, OÍDOS SORDOS". ¡Comencemos a escribir!
Que te hagan *bullying* apesta, sigo teniendo cicatrices, pero están desapareciendo.
BLOQUEADOS
Tania
ELIMINAR
Samar
ELIMINAR
AMIGOS
Pasé por ello. Soy más fuerte ahora. Sé lo que es sentirse herido, pero también sé que puedo con ello. Sé quiénes son mis amigos de verdad.
Sé que hay personas buenas que me ayudarán. Eso me hizo querer ayudar a mí también. Porque nadie debería vivir esto solo.

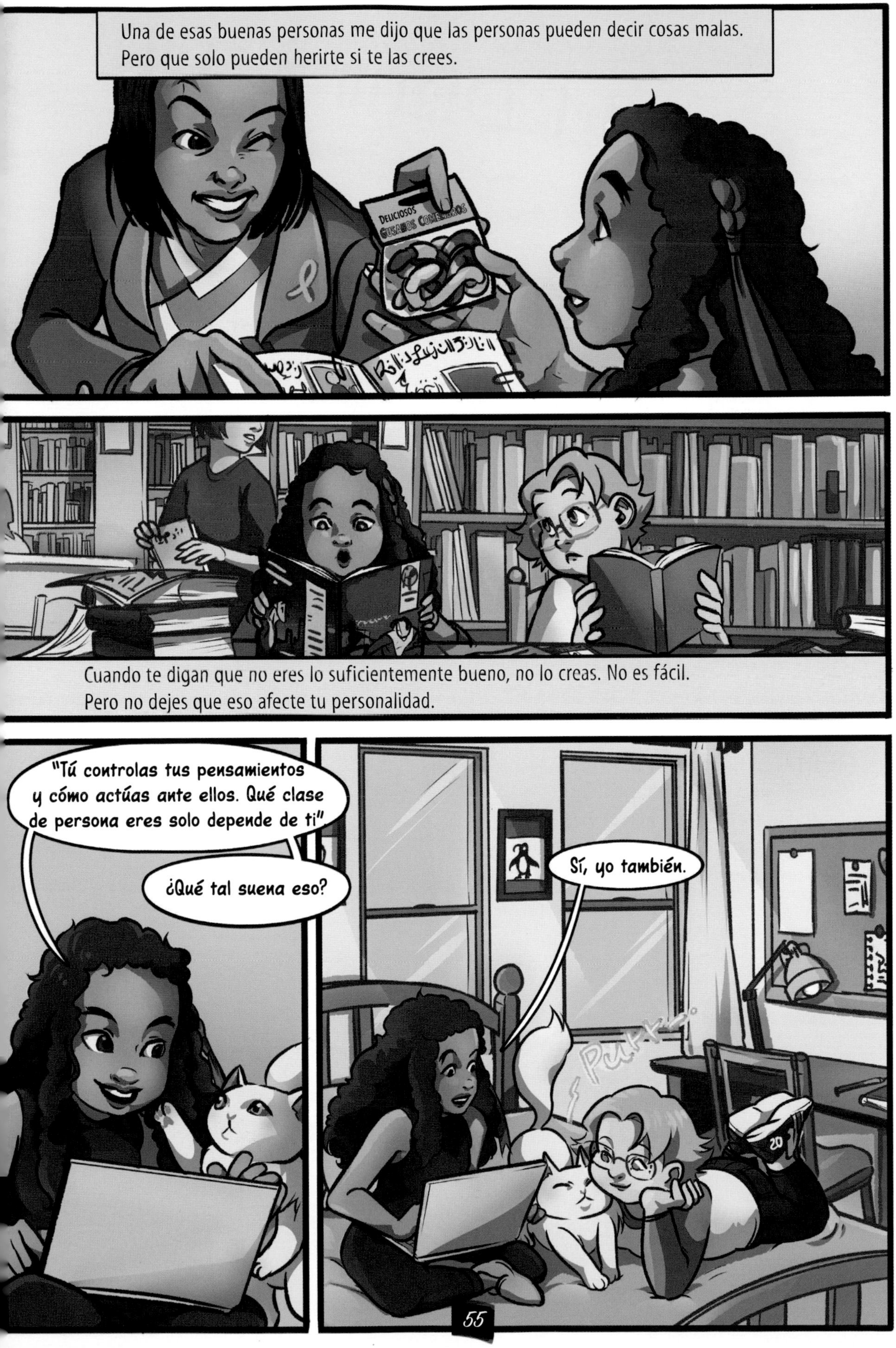

Una de esas buenas personas me dijo que las personas pueden decir cosas malas.
Pero que solo pueden herirte si te las crees.
DELICIOSOS
Cuando te digan que no eres lo suficientemente bueno, no lo creas. No es fácil.
Pero no dejes que eso afecte tu personalidad.
"Tú controlas tus pensamientos y cómo actúas ante ellos. Qué clase de persona eres solo depende de ti"
¿Qué tal suena eso?
Sí, yo también.

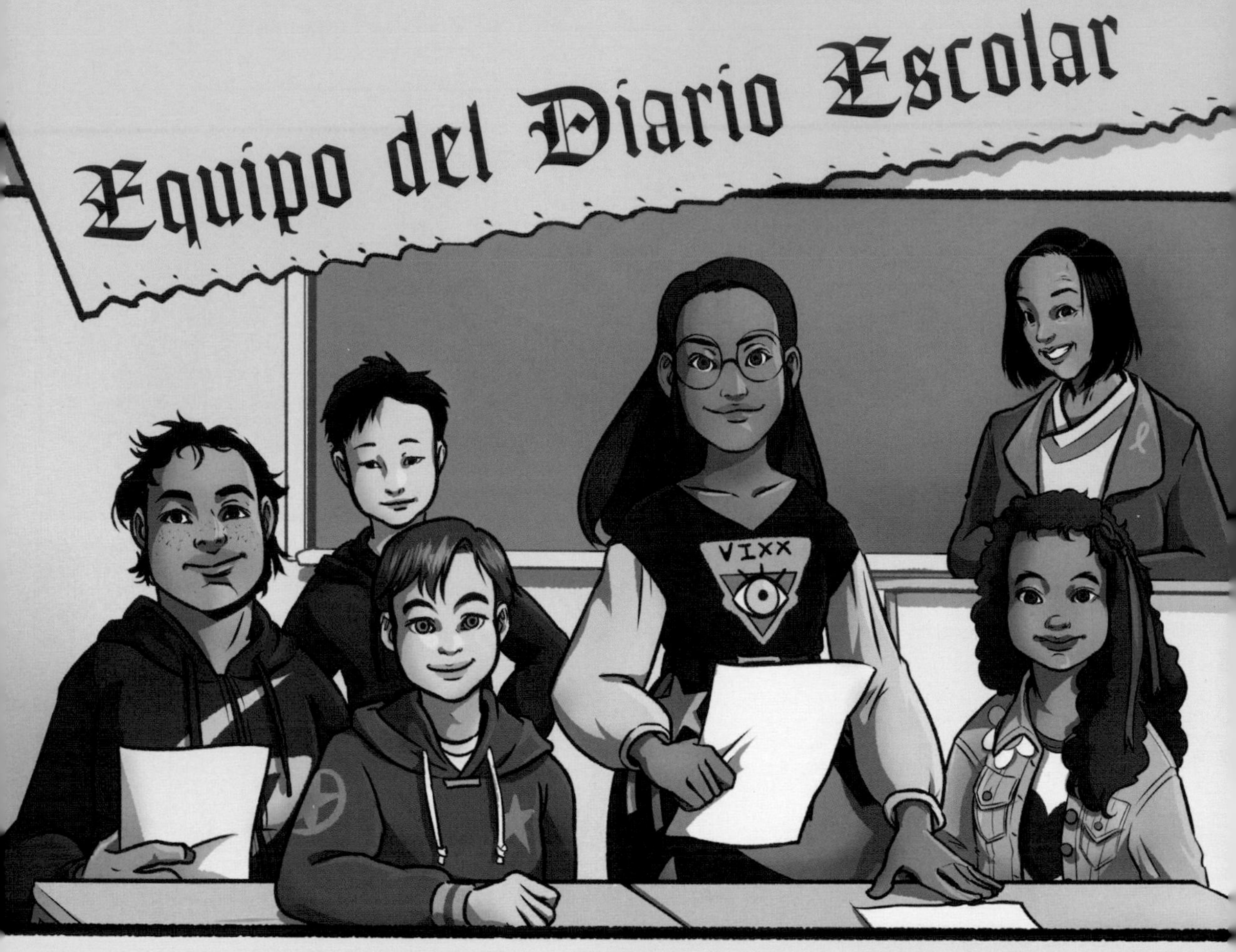
Equipo del Diario Escolar
VIXX

¡La verdad sale a la luz! Nuestro equipo de prensa (de izquierda a derecha: Austin Cooper, David Yu, Tyler Cain, Jenny Book y Lilly Rodríguez) está a tope, buscando primicias y escribiendo titulares. ¡Vamos, equipo!

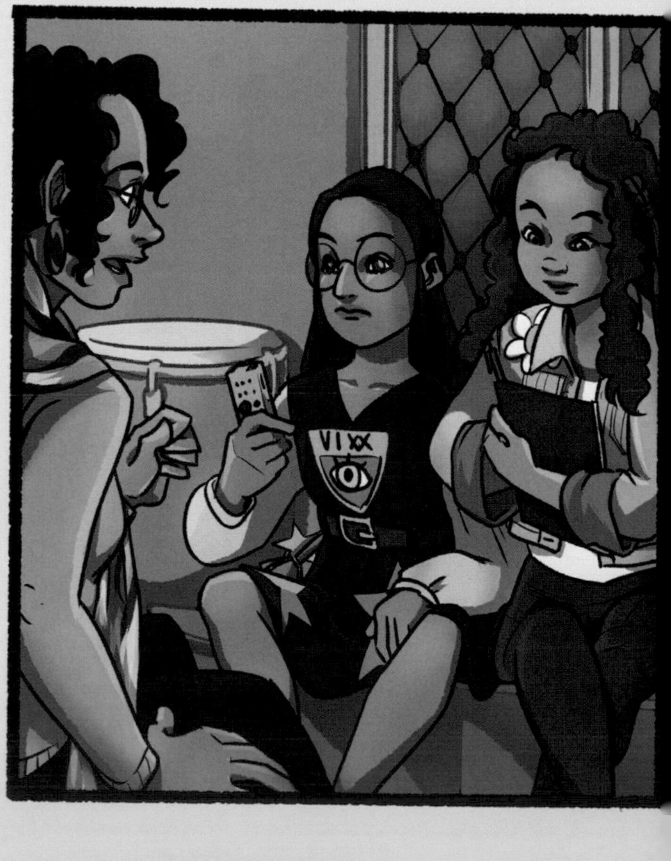
VIXX

La maestra del coro, la Sra. Gray, les da a Jenny y a Lilly la primicia del próximo musical: KATS. ¡Lo escribió ella misma!

¡Un buen reportero siempre verifica los hechos! No hay ningún lugar como la biblioteca.

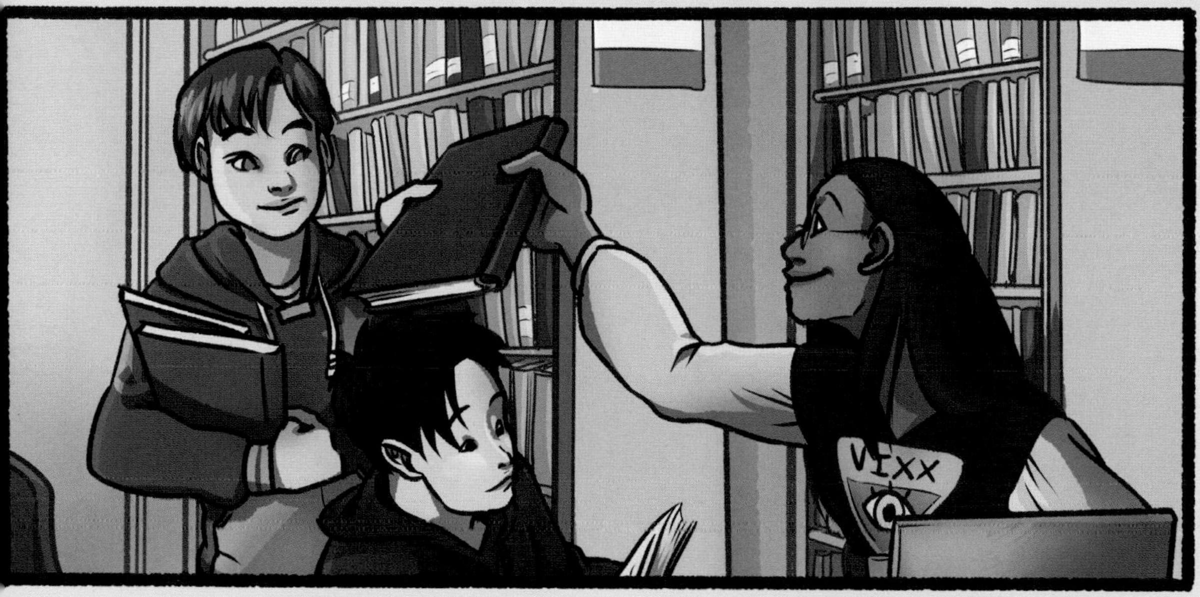
VIXX

A veces, tan solo necesitas un poco de azúcar para sobrevivir al resto del día.

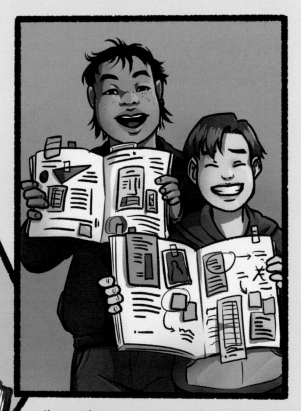

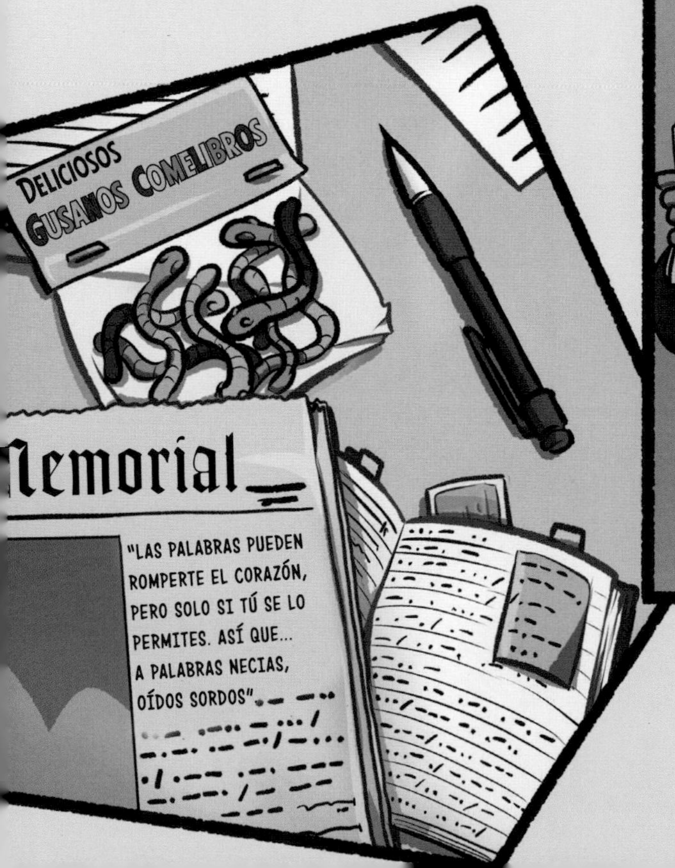
DELICIOSOS
GUSANOS COMELIBROS
Memorial
"LAS PALABRAS PUEDEN ROMPERTE EL CORAZÓN, PERO SOLO SI TÚ SE LO PERMITES. ASÍ QUE... A PALABRAS NECIAS, OÍDOS SORDOS".

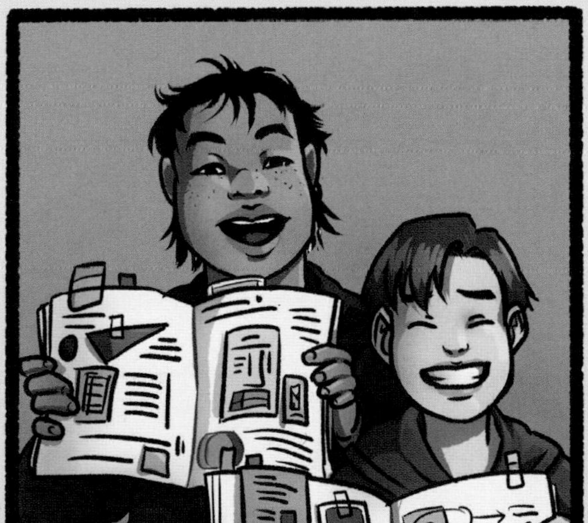

No es fácil organizar el diario, pero alguien tiene que hacerlo... ¡y tenemos a los mejores editores de diseño!

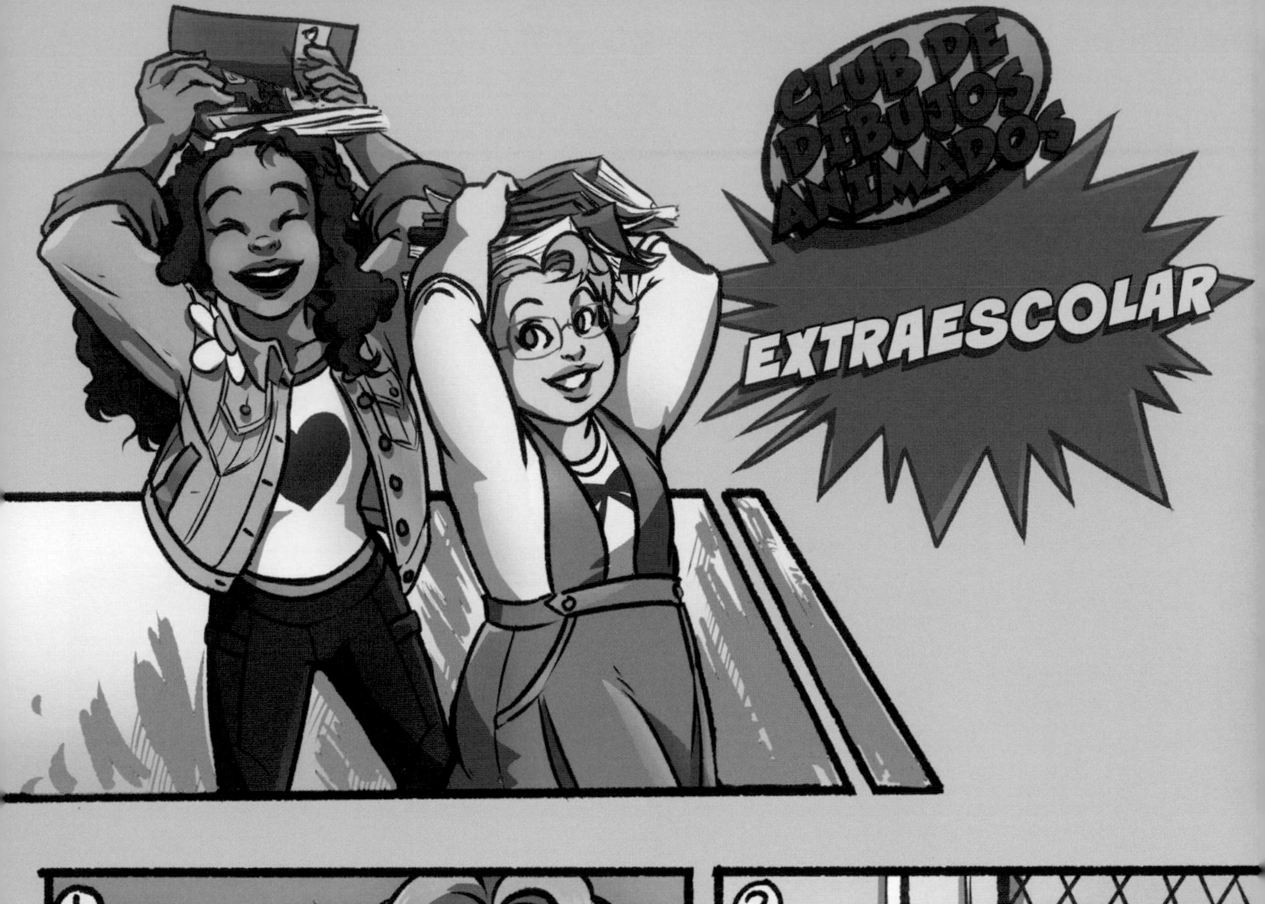
CLUB DE DIBUJOS ANIMADOS
EXTRAESCOLAR

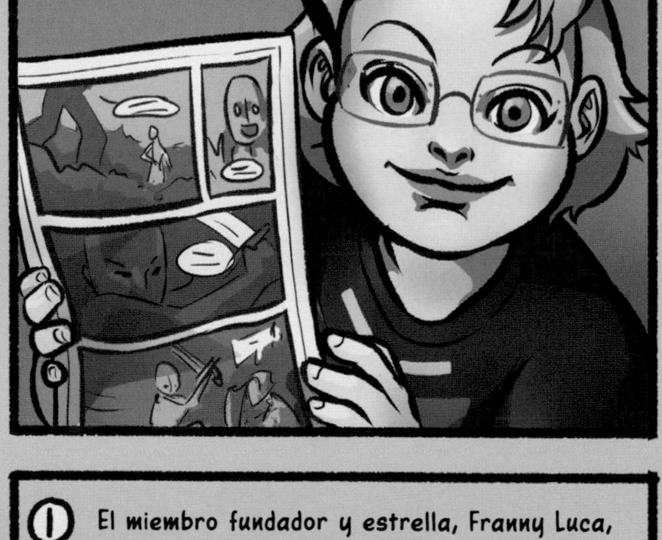
①

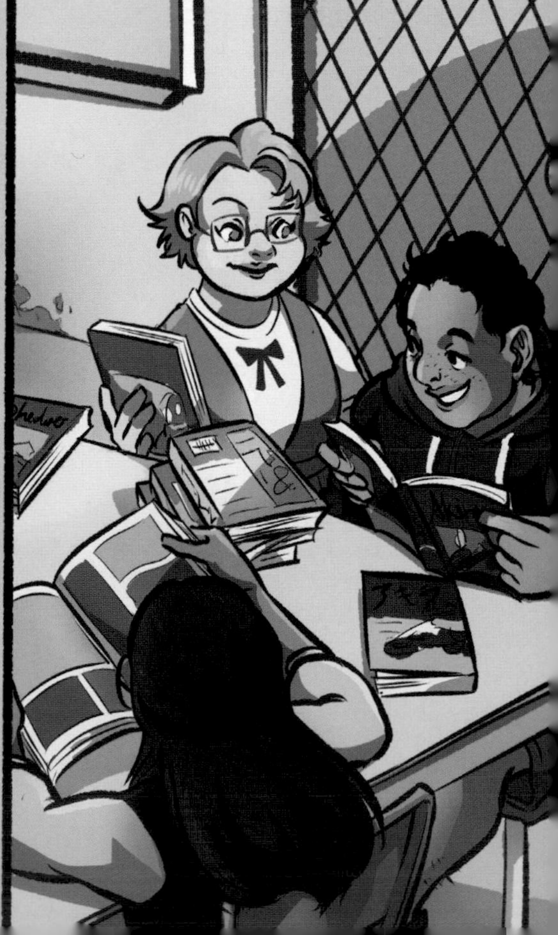
②

① El miembro fundador y estrella, Franny Luca, espera ser la próxima estrella en el mundo del cómic. ¡Conquista el mundo con cada panel!

② ¡Franny Luca (a la izquierda) y Austin Cooper (a la derecha) se la pasan leyendo! No importa si es de derecha a izquierda, de izquierda a derecha, de arriba a abajo o de lado, si hay una historia, ellos se encargarán de ella.

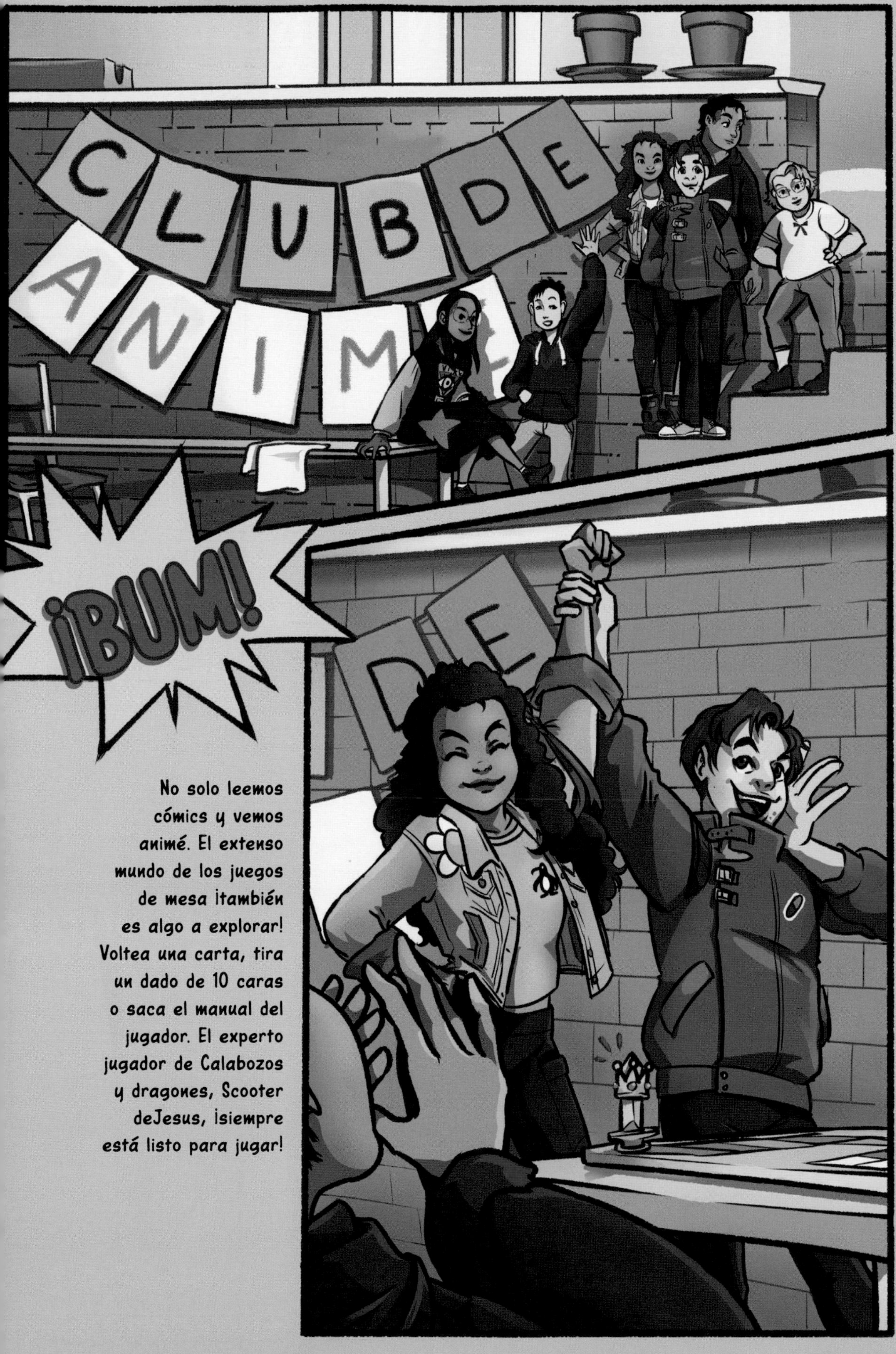
CLUB DE
ANIM
¡BUM!
DE
No solo leemos cómics y vemos animé. El extenso mundo de los juegos de mesa ¡también es algo a explorar! Voltea una carta, tira un dado de 10 caras o saca el manual del jugador. El experto jugador de Calabozos y dragones, Scooter deJesus, ¡siempre está listo para jugar!

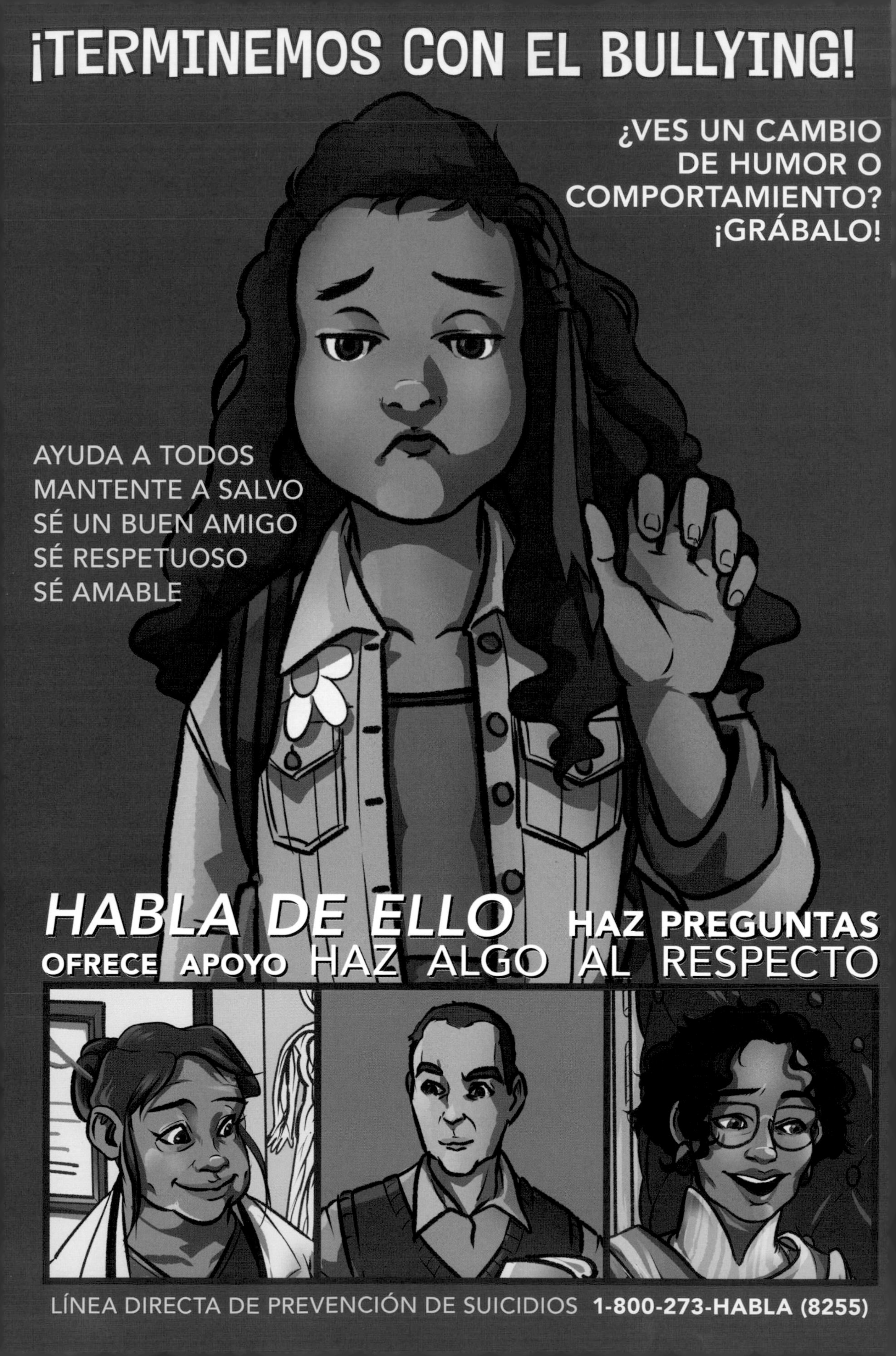
¡TERMINEMOS CON EL BULLYING!
¿VES UN CAMBIO DE HUMOR O COMPORTAMIENTO? ¡GRÁBALO!
AYUDA A TODOS
MANTENTE A SALVO
SÉ UN BUEN AMIGO
SÉ RESPETUOSO
SÉ AMABLE
HABLA DE ELLO
HAZ PREGUNTAS
OFRECE APOYO
HAZ ALGO AL RESPECTO
LÍNEA DIRECTA DE PREVENCIÓN DE SUICIDIOS 1-800-273-HABLA (8255)

>>>>> SÉ AMABLE <<<<<
EN LA ESCUELA SECUNDARIA MEMORIAL

LILLY: Estoy aquí presente con la Sra. Clark, quien va a hablarnos sobre "Sé amable", un programa que ella ha implementado en la Escuela Secundaria Memorial. Este programa recompensará a los chicos que sean amables con sus compañeros de clase. ¿El reto de la Sra. Clark? ¡Ser amable!

SRA. CLARK: ¡Hola, Lilly! Me alegra estar aquí. Como bien sabes, el bullying ha estado siempre muy presente en la escuela. Puede afectar mucho cómo se sienten los chicos consigo mismos, ya sea en el salón de clases, en casa o en el campo de juego. A veces, el bullying puede ser involuntario, como bromear sobre una apariencia o el estilo de otro estudiante.

LILLY: ¡A veces puede ser intencionado!

SRA. CLARK: Sí, a veces sí.

LILLY: ¿Por qué es tan importante hablar del bullying, especialmente ahora?

SRA. CLARK: Definitivamente es importante hablar del bullying cuando ocurre. Cualquiera puede ser un abusón. Y cualquiera puede ser una víctima, ¡incluyendo los abusones! Si alguien te está molestando, puede que te sientas solo e indefenso.

LILLY: Pero ser amable puede ayudar, ¿verdad?

SRA. CLARK: En mi experiencia, los chicos tratan de ser amables. Nadie les dice que sean malos con los demás, ¿verdad que no? Pero a las personas también les gusta sentirse útiles. Creo que alentar y recompensar el buen comportamiento es positivo. Pensar en el modo en que tratas a los demás es un primer paso para comenzar a relacionarte con las personas.

LILLY: ¿Tiene ejemplos de cosas que los chicos puedan hacer para ser amables con los demás?

SRA. CLARK: ¡Esfuérzate por conocer a las personas! Di "Hola". Pregúntale a alguien cómo va su día. Siéntate con alguien que esté almorzando solo o hazte amigo de alguien que no tenga amigos. Ofrece tu ayuda a quien creas que está pasando por un mal momento. Tomarse tiempo para observar si alguien se siente herido o triste, y luego tratar de ayudar, puede marcar una gran diferencia.

LILLY: ¡Y a veces los niños raros pueden ser los más divertidos!

SRA. CLARK: ¡Así es! Así que ve y sé amable. Si un profesor ve que te esfuerzas por serlo, ¡podrías ganar una dulce recompensa!

LILLY: Creo que sé exactamente cómo voy a comenzar. ¡Gracias, Sra. C!

GLOSARIO

ANIMÉ – películas de dibujos animados hechas en Japón, a menudo utilizando personajes y argumentos tomados del manga escrito

ANÓNIMO – escrito, hecho o dado por una persona cuyo nombre no se conoce o no se hace público

BURLA – usar palabras para tratar de molestar a alguien

COSPLAYER – crear o usar un disfraz de un personaje de cómic para una convención de cómics

FUNDADOR – alguien que crea o inicia algo

MANIPULAR – cambiar algo de un modo inteligente para influenciar a las personas a que hagan o piensen como quieres

SUFRAGIO – derecho al voto

TOLERANCIA CERO – negativa a aceptar ciertos comportamientos, como el bullying, sin excepción alguna

¿QUÉ PIENSAS?

1. Cassie sabe que lo que Sami y Tania le están haciendo a Lilly está mal, pero no la defiende. ¿Alguna vez te has visto en una situación similar? ¿Qué hiciste?

2. Vuelve a escribir parte de la historia desde la perspectiva de Sami. ¿En qué parte de la historia te enfocarías?

3. ¿Qué posición tiene tu escuela respecto al bullying? ¿Crees que está funcionando? ¿Cómo lo cambiarías?

4. ¿Por qué crees que a Lilly le tomó tanto tiempo hablar con alguien sobre su situación?

¡DESAFÍO!

Habla con alguien que no conozcas. ¡Pregúntale sobre sus intereses! Tal vez encuentren algo en común. O tal vez descubras una nueva afición o interés.

LOUISE SIMONSON

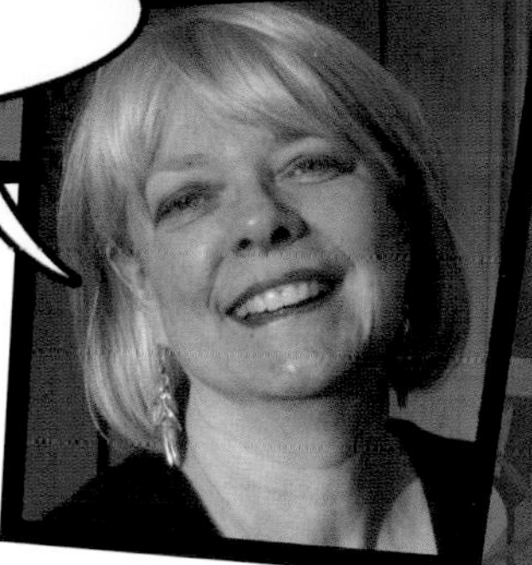

Louise Simonson escribe cómics sobre monstruos, ciencia ficción, superhéroes y personajes de fantasía, incluyendo varios best-sellers como X-Men, Web of Spider-Man y Superman: Man of Steel. Pero sus historias favoritas son protagonizadas por jóvenes héroes, como los niños del premiado superhéroe Power Pack. Está casada con el novelista gráfico y escritor Walter Simonson y vive en los suburbios de la ciudad de Nueva York.

SUMIN CHO

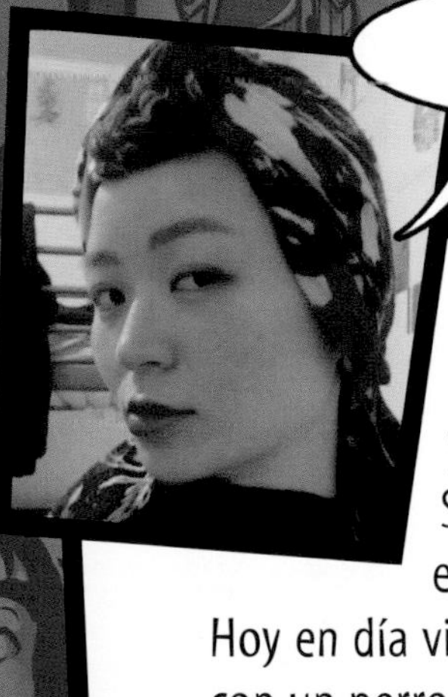

Sumin Cho pasó su infancia en Corea del Sur y Nueva Zelanda. Se graduó en la Universidad Sangmyung y se licenció en dibujo animado en la Escuela de Bellas Artes de Nueva York. Hoy en día vive con dos compañeros caricaturistas junto con un perro y un gato llamados Puff y Melon.

¿QUIERES MÁS DRAMA?

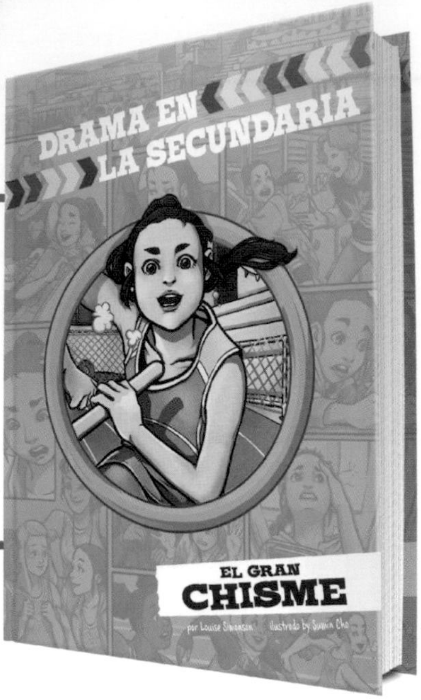
DRAMA EN
LA SECUNDARIA
EL GRAN
CHISME

El mundo de Allie se pone patas arriba cuando le diagnostican diabetes. Sus sobreprotectores padres la vuelven loca, y está desesperada por ocultar a sus amigos la diabetes. Pero sus métodos secretos son muy sospechosos y los rumores comienzan a esparcirse. ¿Se arruinará la reputación de Allie para siempre?

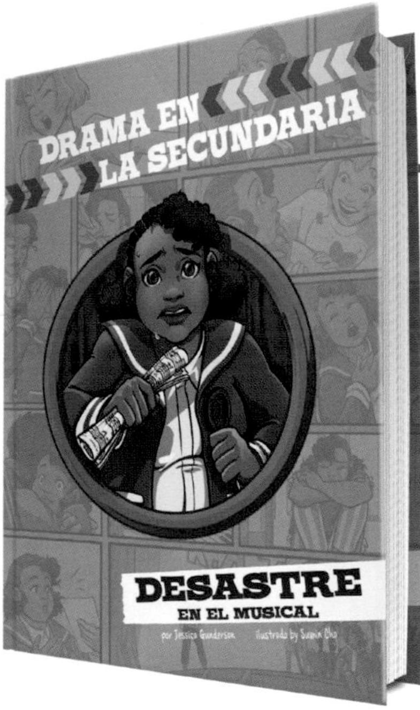
DRAMA EN
LA SECUNDARIA
DESASTRE
EN EL MUSICAL

Cuando Kamilla se mira al espejo, odia lo que ve. A pesar de tener un peso saludable, se siente gorda y torpe y está desesperada por esconderse de los demás. Pero Kamilla tiene una voz increíble y es la chica perfecta para representar el papel protagonista en el musical de la escuela. ¿Podrá Kamilla superar sus temores, o quedará atrapada entre bastidores para siempre?

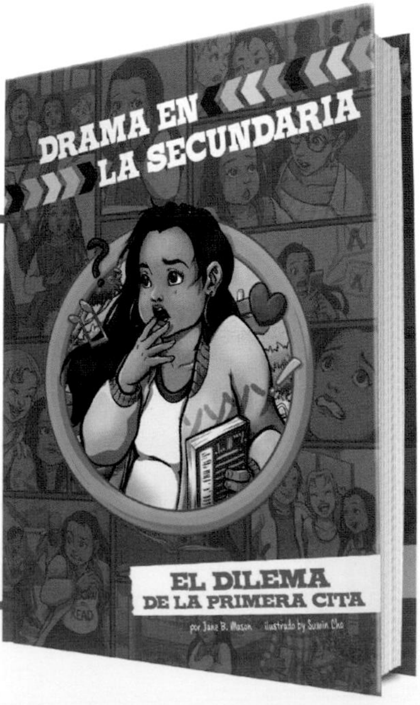
DRAMA EN
LA SECUNDARIA
EL DILEMA
DE LA PRIMERA CITA

Los alumnos de octavo grado de la Escuela Secundaria Memorial están obsesionados con su primera fiesta de chicos y chicas. Lucía está cansada de oír hablar sobre cómo vestirse y quién va a ir con quién. Si su mejor amiga no le hubiera insistido tanto, ni siquiera habría ido a la fiesta. Pero después de conocer a Adesh, Lucía comienza a pensar que tal vez la fiesta no sea tan mala idea... hasta que se da cuenta de que él está interesado en otra chica.